当代作家精

岁月中那抹温馨的回眸

崔建平 著

北方文艺出版社

·哈尔滨·

图书在版编目（C I P）数据

岁月中那抹温馨的回眸 / 崔建平著 . — 哈尔滨：
北方文艺出版社，2023.3
ISBN 978-7-5317-5781-8

Ⅰ . ①岁… Ⅱ . ①崔… Ⅲ . ①散文集 – 中国 – 当代
Ⅳ . ① I267

中国国家版本馆 CIP 数据核字 (2023) 第 023856 号

岁月中那抹温馨的回眸

SUIYUE ZHONG NAMO WENXIN DE HUIMOU

作　　者 / 崔建平
责任编辑 / 富翔强　宋雪微　　　　　　封面设计 / 邓小林

出版发行 / 北方文艺出版社　　　　　　邮　　编 / 150008
发行电话 / (0451) 86825533　　　　　经　　销 / 新华书店
地　　址 / 哈尔滨市南岗区宣庆小区 1 号楼　网　　址 / www.bfwy.com

印　　刷 / 涿州军迪印刷有限公司　　　　开　　本 / 710 × 1000　　1/16
字　　数 / 140 千字　　　　　　　　　　印　　张 / 13.5
版　　次 / 2023 年 3 月第 1 版　　　　　印　　次 / 2023 年 3 月第 1 次印刷

书　　号 / ISBN 978-7-5317-5781-8　　　定　　价 / 69.80 元

目　录

第五辑　　心路旅痕

第一辑　往事非烟

莲花池

莲花池，我生命中的伊甸园。

这里记叙的莲花池，是位于常德德山的一眼极普通极质朴的池塘，因长年碧水涟涟，莲叶轻摇，荷花映月，花香阵阵，而招引当地人的垂爱，遂被作为地名。

莲花池坐落在我儿时居住的医院与上学学校的中间地带，三地呈鼎立之势。贪玩好动的少儿时代，除了上学，我常去玩耍的地方就是这莲花池了。那时候，随父母在医院生活，环境氛围肃穆安静，小伙伴们除了在医院的花园草圃间打闹玩耍外，娱乐活动单调乏味。医院的孩子父母都管束较严，鲜有外出玩耍的机会。

第一次去莲花池，记得是一个骄阳似火的暑假。那天，我尾随"孩子王"谌胖子臀后，在纵横阡陌间穿行几分钟后，登上一座平缓的山丘，突然，眼帘映入一泓一眼望不到边的盈盈碧水，微风细浪，款款相拥，时而举起一簇簇洁白的浪花，有汹涌之势；时而又荡漾层层涟漪，轻盈舒缓。莲花池有十多亩农田那么大，池塘的另一半，由当地农人植种着簇簇拥拥的一塘莲藕。此时，塘内莲藕正争相擎着蒲扇大的翠绿莲叶，摩肩接踵款款依依，每一张偌大的荷叶上都有些许闪亮晶莹的水珠，如同珍珠随着莲叶儿轻摇，来回滚动。荷叶丛中绽出三三两两粉红荷花，惹来一只只蜻蜓恣肆飞舞。

这就是我初识的莲花池，伴着我童年的欢笑与憧憬。

此后每个暑假，我都会去莲花池。池塘畔长大的伙伴们个个都是水中蛟龙，他们摘一朵未曾绽放的花朵儿衔在嘴里，一头扎进碧水盈盈的水塘，人在水下潜泳，花在水面飘飞。不知就里的人们好生奇怪，惊叹不已。有的伙伴玩累了，游乏了，就钻进莲叶深处去挖那塘泥下面的湖藕。当他们把那一节节浑圆清新的藕段从莲叶中抛掷出来时，仿佛打了胜仗一般。我和其他下不了水的伙伴在岸上欢呼雀跃，争抢莲藕。我们把莲藕在池塘里一番洗刷，然后分给众人吃将起来。那种快乐幸福的感觉，是从心坎里往外一股股溢出来的。因为不识水性，每当这时我都只能当旁观者，享受不到在水中嬉戏的舒畅和乐趣，于是我决意要学游泳。

父母亲是从事防治血吸虫病工作从沅江调到这所医院来的。沅江和常德，都属于洞庭湖水域，也即血吸虫病的多发地区。因此，当父亲听说我哥俩要去莲花池学游泳时，头摇成了拨浪鼓，并开始了对我们的围追堵截。每个暑假都给我们约法三章，不能去莲花池游泳是其中第一款。每当我们玩耍回家，父亲都要拉我们到身旁，用他的指甲在我们手臂上刮一刮，经水泡过的皮肤用指甲一刮，立刻呈现出一道道白印迹，即表明下了水，招来的是轻则责骂重则体罚，有时还要吃父亲的耳光子。为此，我们与父亲玩起了"游击战"。中午，父亲睡午觉是雷打不动的，而我们去莲花池游泳最佳时段就在此时。每每父亲唬我们睡午觉，见我们情非所愿懒洋洋地躺下后，他就搬来一张竹床，横在门口，他自己睡在上面。这可把我们害苦了，楼下伙伴吹口哨学猫叫装犬吠的办法用尽，我哥俩就是出不了门。这一天我们在床上辗转反侧，如卧针毡。

第二天中午，父亲仍然睡在横亘在门口的竹床上，我们仍想不出什么突围计策。父亲呼噜声起起伏伏。我突然想到，竹床底下有一尺多高的空间。立即与哥哥耳语商议，从竹床底下爬出去。我伸直四肢，匍匐在地，身躯慢慢地在楼板上爬行，渐渐地离开了父亲鼾声雷作的竹床。哥哥也这般爬了出来。我们蹑手蹑脚地下楼，与在此久候多时的伙伴们会合，直扑莲花池。

当时，那种高兴是没法用语言表达的，仿佛被囚禁的鸟儿一旦飞出囚笼，那是一种怎样的开心啊！我们在莲花池翻波捣浪，好不自由快乐，但逍遥的日子并没有几天，又被严厉的父亲堵了回去……父子间的封锁与突围，监视与囚禁，以我们兄弟俩的失败而告终。我至今都是旱鸭子，不能不说是父母严管的结果。

至今，我对莲花池仍然深深怀念，这是对儿童乐趣的追寻，对生命自由的向往。

莲花池只是一眼极普通的池塘，然而，它带给我的快乐与欢愉，却是我一生享用不尽的。

雪忆

正值酷暑难耐季节，而我记忆深处却飘飞着一缕缕莹莹的瑞雪。那翩跹的风姿、落地的轻盈于我是那般温馨甜蜜，总使我在孤寂落寞的时候，想起 30 年前的那段往事……

时值隆冬，天寒地冻。窗外六角形的晶亮洁白的雪花像天女散花般纷纷扬扬地飘舞着，偌大个宇宙笼罩在白茫茫一片混沌之中。

是日，父母亲接到了迁徙湘西的通知，明日即将启程。整个家整理行装僵冷沉闷，一地狼藉。残絮败褛，破烂家什无精打采地堆积在一旁，几扇原本用旧报纸裱糊着的窗户，也被寒风撕裂开几道大大的口子，凛冽的朔风肆无忌惮地冲撞进来，侵袭着我们的肌体。不知是寒冷还是饥饿，全身都有些瑟瑟发抖。我们一家五口谁都不说话，各自忙碌着手中的活计，谁也不愿意打破这唯一能平静心境的沉默。

夜，越来越深，窗外的雪愈下愈大。

不知是徜徉在梦乡，还是根本就没有入眠，恍惚间突然一阵"笃笃笃"的敲门声在耳边响起，尽管轻微，我们仍感到是有人来了，有人冒雪来了，冒着大风雪来了。哥哥比我机警，一边询问，一边骨碌地起身，门外答道："和平，开门！是我，小刚！我来送你！"顿时，空气仿佛凝结似的，全家都被这敲门声惊呆了！他，一个 15 岁的少年同学竟然冒着侵人的风雪，爬山越岭步行三四公里路来为同学送行……倏然，一股暖流充溢着整个房间，在我们的周身流淌。我仿佛看见白茫茫雪野上深陷着的脚印是那么坚实有力，那么真实感人。此时，哥哥已与小刚相拥相抱，激动不已。

送行的军用大篷车开来了，小刚与我们全家蹑手蹑脚地一件件地装着家什。为了不惊动四邻，我们的动作是那么轻盈，如同窗外的雪花。

装载完后，小刚从自己脖颈取下那条褚红色的还氤氲着体温的围巾套在哥哥的脖子上："和平同学，再见啦！多保重！"

大篷车发动机无情地嘶吼起来，圆圆的车轮碾碎如绒似的雪野，碾碎了我们对过往生活的回忆与梦想，粗野地驶向迷茫的远方。我和哥哥坐在大篷车的货厢里，小刚紧跟在大篷车的尾部，奔跑相送，呼喊着："再见！"我含泪瞅着雪野中小刚那愈来愈小的身影，直至天地间一片洁白迷蒙。

坐在车上，我和哥哥闷声不响，心绪忧戚冰冷。此时，前方的路愈见狭窄，老天爷捉弄我们，转眼间又下起了大雨。一路颠颠簸簸的，在一个急转弯陡坡处，平素不晕车的哥哥趴在车帮上剧烈地呕吐起来……一阵寒风刮来，围着哥哥脖颈上的褚红色围巾腾空而起，飘向远方。许是汽车气流的作用，红围巾紧随汽车飘舞。我们想伸手去抓，却抓不着，只能望着它在山野间飘舞，渐渐消失……

这条褚红色围巾就像一朵傲雪的蜡梅花，盛开在我们西行途中，盛开在我们不可磨灭的记忆深处，永远，永远……

神仙钵饭

如今，很多酒家款待客人，在酒酣之际，服务小姐都会端来一钵钵热气腾腾米粒晶莹的钵子饭，色香可人，味道非那些整锅煮的米饭可比，谓之"神仙钵饭"，意为吃了这样的米饭，生活快乐似神仙。

而我捧着这喷香晶亮的钵子饭，却难以下咽，苦涩的记忆抻得老长老长……

那是个物资缺乏的年代，兴办集体食堂，每家每户都砸锅毁灶在集体食堂吃饭，每到食堂开餐时领取米饭的队伍排得老长。那时，我和哥哥正好六七岁年纪，正是吃长身体饭的年月。每每盼望食堂开饭的锣响如同禾苗祈盼甘霖一般，锣声一响，便收敛一切玩耍游戏，直奔食堂，挤在队伍前列，去争抢那钵沿隆起老高的大钵饭。有时，兄弟俩为争抢大钵子饭与其他小伙伴弄得脸红脖子粗。

食堂的钵子饭，都只有三两米蒸出来的，所谓的钵子饭的大钵小钵，是聪明的厨师想的办法：把米在前晚放水泡发，蒸饭时，水又放得比较满，蒸出来的饭就特别"膨胀"，隆得老高，可吃起来却是水垮垮的。当时感觉腹胀如鼓，可不到两个时辰就饥肠辘辘了。

最让我感动的是哥哥，他年长我一岁，甚是憨厚善良。他瞅着我整日为吃不饱吵吵喊喊的，少小年纪心生怜悯。于是一到食堂要蒸饭的时候，他就借故跑到食堂央求厨师伯伯把自己钵里的米匀一些在我的钵里，然后用菜叶做上记号。就这样，为着我吃大钵子饭，哥哥每餐吃稀饭却从不吱声，而我却蒙在鼓里。还是厨师伯伯后来告诉了我这个秘密。为此，我愧疚了好些日子。现在，我的身材比哥哥高出许多，不知是否与此有关。

　　神仙钵饭带给我的是心酸的往事，是苦涩的记忆。所幸这苦涩涩、饿慌慌的日子已一去不复返了……

田心逸事

"田厂"是株洲田心电力机车工厂的简称，尽管是座普普通通的工厂，却于我有着非同寻常的意义，有我太多难忘的记忆与情愫。

外婆和小姨妈一家居住在"田厂"。外婆含辛茹苦地带大了我们三兄弟以后，又来到小姨家帮忙带孩子。外婆是个小脚女人，个子矮小，身形枯瘦但明事理识世故，性格柔韧而坚强。外公死得早，她年纪轻轻就守寡了，但她以柔弱的生命拉扯着五个孩子，从旧社会艰难地一路走过来，培养他们读书识字、懂事明理，成家立业，小有作为，是十分艰辛与不容易的。我们是外婆带大的，与外婆的感情很深，很深。

当年我们家搬去了偏远荒寂的湘西。远离了城市，在湘西的岁月里，我们兄弟三人最大的奢望就是假期去"田厂"看外婆。那里有亲情的温暖、儿时的快乐，我们对"田厂"充满憧憬和期冀！

要说"田厂逸事"，有许多的第一次，这还得先从我们兄弟三人第一次撇开父母去田心说起。

那是我们到湘西的第二个暑假，父母请不了假，兄弟三人又吵嚷着要去田心看外婆，拗不过我们的父母，只能同意我们三人只身前往。这可是兄弟三人长这么大第一次离开父母，出这么远的门。那时湘西到株洲交通很不方便，四百多公里的路程，要坐船，坐汽车和火车，还要一天一夜的时间，到了长沙如果错过了下午的火车，还要找地方住上一宿，第二天再去田心。

那时家里没钱，兄弟三人只能买两张车船票，每至码头、车站验票时，三兄弟都要精心策划，谁走前谁走后，小弟如何携带其间，蒙混过关。记得那天到长沙汽车西站出站时，眼看查票甚严，硬是把小弟从不远处的栅栏缝隙塞过去，好在是夏天，我们都是背心短裤，显得瘦小灵便，不然二三十厘米的栅栏空隙弟弟是过不去的。赶到长沙火车站时，开往田心的430次列车开走了，我们只得四处打听远房亲戚的住址，穿大街走小巷找到那儿住了一晚，第二天才赶到田心。

"田心逸事"还包括我们第一次看到或认识足球。在"田厂"时，姨父带我们去足球场看比赛。第一次走进足球场，觉得球场好大好大啊，足球场铺着浅绿色草皮，足球在两队队员中飞来飞去，都不能用手去接去抢，只能用脚或用身子去接球传球，觉得新鲜好玩。姨父是上海交大毕业的，也不知他何时学会踢球的，在球场上跑来跑去，时而带球射门，时而运球过人，自由灵活，潇洒利落。

在"田厂"，我们还认识了海参。一天，姨父从外面拿回一包黑乎乎的东西，告诉我们是海参，是一种在海洋里生长的动物，能吃，能做药，是难得的人间美食。经过小姨精湛的制作烹饪，海参果然味道不同寻常，它既有海鲜的鲜，又有普通菜的脆香。

田心的许多"第一次"，让我爱上了株洲这座城市，爱上了田心机厂。后来，无论我在哪里，与别人谈起田心机厂时，都莫名地兴奋，仿佛在谈自己的家乡，很长时间里，我都会情不自禁地关注它的变化与发展。小时候我就在心里暗暗发誓，长大了一定要来株洲这边工作和生活。真是老天爷心有灵犀，命运惠顾，我参加工作时真的被分配到了株洲，来到了外婆身边……

母校的枫树

我人生的第一所学校，是掩映在一片枫树下的莲花池完小。

在那里我读完了整整五年小学。虽然仅仅短短的五年，可三十多年过去了，我对那里仍记忆犹新，在梦中常常看见"她"的倩影。

我的母校是由一所旧祠堂改建的，地势由低到高呈阶梯式结构立体展开，初小部、高小部和学校体育场不在同一个平面上，而是三个阶梯。初小部在第一层面，上得几十步阶梯便是高小部，最上层是个大操场，是我们上体育课和开运动会的地方。初小教室是在一个当地大户人家的宗祠里，这幢房子颇有些年代了，外面是白色的粉墙，飞檐回廊，高高的尖屋顶，古色古香。进得门去，里面是连着两个天井的四合院，中间由一堵极具讲究的拱园门洞穿，每个四合院都有楼上楼下四个教室及几间房舍。我的教室就在第一个四合院的楼上。

母校没有围墙，十来棵矗立的大枫树，像一排英姿飒爽的士兵。炎夏，这里是阴凉爽爽的避暑仙境；冬日，高大葳蕤的枫树为我挡风雨遮冰雪。它成了我校一道独到的风景。我们常常在这些大枫树下玩耍嬉闹，许多的童年欢笑与恶作剧都与这一棵棵大枫树相联系，也可说它们是我们少年生活的摇篮。

陈老师是我众多老师中的一个，当时她已不算年轻了，身材矮小瘦削，仿佛一阵风就可以把她吹倒，但是只要她一站在讲台上，就俨然一尊神采奕奕的女神。每一节课，她都讲授得仔细而认真。记忆中，她讲课神态生动，语词得体，动作比画到位，让我们深深为中国文字的巨大魅力所震撼。几年下来，我们都受到良好的文化熏陶，她教的学生几乎个个都"好文雅好古典"。

也是这位陈老师对我的批评，更令我久久难以忘怀。

那时，为了躲避做作业的苦役，我和另两个同学私下里与几位农家学生达成一种"默契"：我们从医院食堂里带来几个馒头包子，他们于前晚把我们的作业都代做完，早上便在那一排枫树下进行交易。前几次都交易顺利。也不知是让陈老师发现了痕迹还是得知了消息，那日正当我们物物兑换时，瘦削的陈老师突然出现在眼前，立刻把我们吓傻了。

人赃俱获的陈老师当场并没说有什么，上课铃声响起，她转身就走了。

课堂上，课文内容讲完了，陈老师额外加了半个小时的课时，从学习的意义到做人的操守，从自尊到自爱，由浅入深，循循善诱。虽然她没有讲出我们"交易"的这件事，更没点及我等的姓名，但我的眼睛余光告诉我，那时我们几位参与者个个都把头埋在膝盖下，脸上的羞涩如同窗外黯淡的乌云。

梦中，母校的枫树依然葳蕤巍然，仿佛与陈老师的身影叠印在一起。我怀念那一棵棵枫树，更怀念那一位如枫树般荫庇我们的母校的老师。

大操坪

大操坪，一直在我的记忆深处。

大操坪是家乡古城的一处普通所在，寂寞地卧在我成长的湘西山城旮旯之处。我家离大操坪只有十分钟行程，在中学期间，乃至下放农村回城后的大部分闲暇日子，我总喜欢独自或与同学、朋友一起去那里。

大操坪是简陋的，空落的，其实它是县城的一个运动场。一圈全程四百米的圆形跑道，铺着煤渣，坑洼不平。大操坪原本是有跳远跳高的沙坑和铅球场等简易设施的，由于那些年很少举办运动会，于是沙坑积水，场地蒿草蓬生，体育设施也衰败朽烂。正中央的露天主席台褪了颜色，斑斑驳驳的。一座文体单位的低矮办公楼还立在那里，白天或有三三两两的人走进与走出。唯有侧旁的一座灯光篮球场，是整个大操坪的活力所在，偶尔周末有球赛，那就是小城人们的节日了。

二十世纪七十年代初期，我跌跌撞撞地读完了中学，那时高考还没有恢复，继续升学的路中断了，参加工作的机会又很渺茫，唯一的出路就是上山下乡，这却是很无奈的。

我和同学、朋友常常在大操坪聚集，喜欢躺在不甚丰满的草地上闲聊，嬉戏。这种聚会是不要通知，也无须邀请的，白天或是晚上，闲下来就自然去大操坪了。我觉得那是放逐心情的好去处，情绪不好时，与同学或朋友说说话，烦恼似乎也消散了。倘若遇有高兴事，却可在那儿收获成倍的喜悦。在高中毕业等待下放的日子里，同学们都面对着去农村的迷惘恐惧，一天间，几乎三餐之后，大家都泡在大操坪。大操坪敞开博大的胸襟拥抱着我们。在树下，在草地，在屋角房后，三五成群地说着话。相互诉说，说心中的惶惑，说对今后的忧虑，也谈理想，也憧憬未来……有时去打打篮球，释放一下青春的躁动不安。

大操坪是我无话不说的朋友，是知我懂我的亲人。在她的怀里，我声嘶力竭地吼叫，口无遮拦地发泄，有时酒后失态，大声痛哭……她不会责骂不会呵斥，俨然一位心地善良、宽容大度的大姐姐。我似乎迷上了这位"大姐姐"，几天不去大操坪，心里空落落的，憋闷得慌。这也引起了父母的警觉与担心，这些青春萌动的孩子，整天耗在大操坪干什么？白天还可理解，打打球好玩，可是晚上黑灯瞎火的，十几个小伙子窝在黑咕隆咚的树下屋角聊什么？有时，突然响起一阵嬉闹声，吓得路人急忙躲避……父母进行规劝、阻挠，但是收效甚微，仍不能阻止我们趋之若鹜地聚集。

现在回想，真让人啼笑皆非。

我心中的大操坪，你是我情感的一块洁净领地……

麻石街寻梦

　　仲夏，我又回到了湘西，回到了我人生一个难以割舍的驿站——那个镶嵌在崇山峻岭中的古朴小镇。脚一沾地，一股清新湿润的气息扑面而来，沁人心脾。变了！家乡变了！家乡的变化真大啊！

　　二十多年前我们家刚进小镇时，整个镇子如同一颗未经雕琢的珍珠，经历史风云，沐岁月沧桑，仍不失其晶莹剔透，典雅古朴。那时，小镇的街道是由两溜一字儿排开的褐色桦松木栏、飘摇欲坠的小木楼组成的，经历了漫长岁月风霜雨雪的小楼相依相拥。靠近溪边的那一溜木楼，有一半由几根立在溪水中的木柱支撑着，是湘西独特的风景吊脚楼。窗外不舍昼夜哗哗流淌的溪水上，一座雕梁画栋古香古色的小廊桥横贯南北。肩负生活重荷的农人于这里走出山门，担来生活必需品，送走支援国家的爱国粮。路途遥远，口干舌燥之时，他们休憩于桥上，或观梁上风景诗文，或听溪水吟唱悠然而古老的曲调。而今，小镇上的木楼为一栋栋具有现代气息的小洋楼取而代之，错落有致，蔚成街景；承载岁月风雨迎来送往的小廊桥，已为一座钢筋水泥石拱桥所取代，桥上人头攒动，车欢人笑。特别是以往人们连想都不敢想的火车已开到了小镇街口。清晨或傍晚，高亢洪亮的汽笛在山野间声声鸣响。整个小镇似乎已处在现代文明的氛围之中，小镇人对新生活的向往与希冀，着实被拽得老长老远……

　　记得当年这个山穷水瘦的小山坳，不仅没有铁路，连公路都只通到二十公里外的公社。我们家从省城迁徙来时，那些家什硬是由三十多位农民兄弟肩担背驮，运进这个小镇来的。闭塞的交通使小镇人祖祖辈辈耳不聪，目不明，难以迈出文明生活的步子。难怪通公路时，农人们初见汽车在公路上奔驶，一个个欢呼雀跃起来："嗬，原来汽车会跑哩！"

　　这次回到阔别二十多年的第二故乡，在欣喜之余，心中总萦绕着一丝丝淡淡的失落，不时有一缕缕若显若隐的思念与牵挂叩击心扉；伴随我少时欢乐、童年芬芳的溜溜清凉的麻石街不见了。那时小镇上从南到北都铺砌着一溜溜采自大山的麻石板儿，形成一道独特的街景，那是我儿时的乐园，我喜欢在麻石街面上玩耍。经风沐雨，被踩踏多年的麻石街面光滑，乌亮而清凉。特别是暑季，毒辣辣的太阳肆虐吞噬着大地上的阴凉，恶狠狠地炙烤着人们。而麻石街面上却别是一番景象，无论头顶阳光多么毒辣，而与人足底接触的麻石板儿却清凉爽润，凉意氤氲弥漫。偶尔有风儿自街头掠过，那宜人的凉气会风干周身的热汗，沿着麻石街走上一段，你就会油然生出几许惬意。麻石街是我们山区小镇不可或缺的避暑之处。

　　下雨时，麻石街更是我们少儿的乐园，一粒粒晶莹剔透的雨豆儿摔在平平光滑的麻石板儿上，立时溅起无数亮亮的小水珠，像大地盛开了一丛丛鲜亮的小花。雨下久了，麻石街面上凹处，便积蓄了一洼洼雨水。贪玩的我，早早地溜出了校门，守候在积水较多的凹处，等待上演一幕幕"恶作剧"。不一会儿，与我同龄的茜茜背着书包嘻嘻哈哈地走了过来。正待他路经积水处时，我使出浑身吃奶的力气，猛力践踏麻石街凹处的积水，积水溅进了茜茜的眼睛，他立时疼痛难耐，蹲在地上直呼叫。我感到事情不妙，便想"金蝉脱壳"。稍事休息的茜茜眯缝着眼睛，猛然一把揪住我的衣襟，要我到学校老师处去评理。两个昔日一起玩耍的朋友瞬间俨然两头斗红眼的牛犊，厮打起来。慌乱中，我使劲地把茜茜一推，茜茜被推到了街对面铺面的墙壁上，头颅正好撞在平时挂篮子的一颗铁钉子上，只听茜茜大喊一声，一股股殷殷鲜血从他的头发间流下来，染红衣衫，流到麻石街面上的积水中。"不好了！撞破脑袋啦！"在同学的呼叫声中，老师和校医急切地赶来，及时地把茜茜送到了镇卫生所。因为这事，我受到了学校的处分。

当年的唐突顽皮，真是不应该！我不知从山沟里走进大学殿堂，后留学加拿大的茜茜是否还记恨于我，而我却满怀对他的愧疚。

麻石街不见了，儿时的伙伴远走大洋彼岸了。尽管心中时时涌起一缕淡淡的失落与真挚的怀念，但我还是抑制不住对家乡的日新月异变化而萌生的欣喜之情。

风雨桥

风雨桥始建于何年何月已无从稽考，但我孩提记忆中的风雨桥是温馨浪漫的。

旧时的湘西这块蛮荒之地，兵荒马乱，灾荒肆虐，村民们于水深火热之中求生存实属不易。那年月每次山洪暴发，大量的泥石流冲刷而下，常常填满大河小溪，给本就贫穷无靠的村民生活雪上加霜，给出门行走带来不便。此时，乡间仗义好事者决计组织乡民们自己修建能抵挡风雨的廊桥。他们打片石烧砖瓦，从湍急的溪水中夯筑起坚固的桥墩，再在桥墩上用湘西特有的木质坚硬的杂树搭成长长的跨越两端的桥基。风雨桥建成后，还要请当地的艺人雕梁画栋，斗拱飞檐，四周挡板上镂刻民间流传甚广的神话传说，如鸳鸯戏水、鲤鱼跳龙门等一些吉祥如意，昭示着人们美好愿望的图画；有的还要题写上几幅历代文人墨客的对联佳句，供路人吟咏欣赏。

一座座风雨桥就是湘西一道道人文风景，浸染着岁月的沧桑烟雨，传递出人世的悲喜歌吟。

湘西的风雨桥结构不一，式样繁复，遍布山山坳坳。有的是用砖石水泥砌筑的拱桥，两三个桥拱数量不等，夜晚，桥拱倒映在潺潺溪水之上，像弯弯的月亮，煞是好看；有的是没有顶棚不遮风挡雨的，整座桥由几根颀长树木搭在几座水泥桥墩上，树木上铺着一排排木板，周围没有围栏，没有护手，空荡荡的，便桥一般，没有躲雨遮风歇凉休闲的功能。

湘西的风雨桥大都是长长的廊桥，能遮风挡雨，纳凉歇脚，是湘西独特的风景。

乡民在田野山坡上耕种忙碌，或于艳阳烈日之下挑担奔波，只要一踏上这遮阳避雨的风雨桥，放下担子歇脚憩息，立马就会感到江河溪水之上悠悠和风吹拂，凉爽舒适，温馨愉悦。农村乡野间也不乏喜欢下棋和饱学之士，闲暇时喜欢聚集在风雨桥上吟几句诗赋，对弈几盘。

我所见到的湘西风雨桥，是横跨在杜家溪上的。湍急的溪水从上游的棉花山奔流而下，气势如虹，涛声不舍昼夜。杜家溪是我们所居住小镇通向外界的必经之地。风雨桥是南北贯通的，南头的上桥门柱上写着"光阴难驻迹如客，百年俯仰转眼间"的字句，已瞅不清为何人所题、何人所写了。北桥门上同样挂着一副对联，但因风雨剥蚀，已难辨清晰了。桥墙板上的几幅画图亦栩栩如生，油彩还鲜艳着。那时，我是每天必经这座风雨桥去镇上学堂的。每每经过这风雨桥，常常驻足不前，或逐词逐句辨认对联，或凭借想象续接画图中的意象。有一次，我索性拿出书包中削铅笔的小刀，也在风雨桥上刻起诗句来，一笔一画地，一刀一缕地。不知不觉中，时间很快溜走了，待我把自撰的诗句刻完赶到学校时，两节课给耽误了，为此老师还到家中家访，了解缺课的原因。现在，想起这些，仿佛就是昨天的事。后来，我喜欢文字涂鸦，或许与儿时受风雨桥文化的熏陶有关。

离开湘西二十几年了，那些历经岁月的风雨桥是否安在？

打柴

打柴，学名砍樵，对于今天城里的年轻人，或是乡村的姑娘小伙，也许都是陌生的字眼了。现在，管道煤气、电气灶具已普及到乡村，农村也烧上了沼气、煤气，即便烧不上煤气的农户，也用上了煤灶，谁还去打柴呀。渐渐地，打柴这个词在人们的日常语汇和生活中慢慢消失了。而对于我，打柴的记忆却抹之不去。

时光倒回三十年。我们家像一片羽毛飘落在湘西一个名叫龙潭河的山坳，初来乍到，一家五口暂住在一座废弃的旧小学的一间教室里。从城市迁到这荒蛮贫瘠的农村，烧火做饭的现实，深深困扰着我们。没有烧柴，怎么办？妈妈愁眉莫展，作为主心骨的父亲打起十二分精神，朝我们三兄弟一挥手："走，打柴去！"说着，他便带着我们消失在山村的暮色之中。

好在是农村山野，不一会儿工夫我们就拾回了几捆枯干的松柏、柴头和树根，这些都是些当地农民不屑的引火之物，对我们却不啻是"救命稻草"，好歹将我们落户农村的第一缕炊烟冉冉升上了天空。

从此，打柴成了当年仅十四五岁的我与哥哥的首要任务，上学可以不去，书可以不读，炊烟不可能不在天宇间飘荡。民以食为天啊！

后来，我们与大队的姑娘小伙子厮混熟了，便加入到他们打柴的队伍中。他们见我们不谙此道，即从准备柴刀、冲担等基本工具着手，为我们及时补上了这必要的一课。从此，每个星期天或是节假日，只要天气晴朗，我和哥哥必定备好工具和中餐，与乡村伙伴一起步行数十里，爬山涉水去山麓打柴。一旦发现某一山峦有成片砍伐的迹象，便立即分几路蜂拥而至，各自找准自己的目标，一路披荆斩棘而去。柴打好后，捆成几小股，从灌木丛生、林草茂密的山尖尖上一站站地抛掷下来。山底一般都有一条清冽的小溪在那儿潺潺流淌，溪畔裸露着一块小草地。我们便在那儿燃起篝火，热上饭菜，烧好糍粑，然后把柴火用新砍的柔韧绵长的荆条再次捆扎起来，一般是两小股捆一扎，再用冲担插上。冲担是用碗口粗的杂木做成的，将两头削尖，中间触肩的地方磨得光滑圆润做成的扁担，专做挑柴之用的。收拾完毕后，我们吃着饭菜或糍粑，就着溪水，开始别具风味且浪漫逍遥的野餐。偶尔有情郎靓妹便会哼唱几句，都是山村间流传的湘西特有的谣歌俚语，传递男女之间相互的爱慕和彼此对未来生活的向往。伙伴们也间或开几句粗野的玩笑，在一片欢笑中，我们便挑起一担担柴火回家了。

打柴，对我是极为艰辛的磨炼。在那荆棘丛生、蛇蝎猖獗的不毛之地劳作，需要勇气和胆识，更需吃苦耐劳的韧劲。在这些方面我比哥哥就纤弱得多。四小股干柴我常常是打不齐的，需要哥哥完成他的柴捆以后，过来帮我。有时，我一不小心误入荆棘丛中，全身都被刺勾勾绊住，左右牵扯，也不能突围，便哭喊着央求哥哥过来帮忙解围。那时，哥哥简直是我的带刀护卫和精神依靠。

半年光景，我和哥哥已成当地农村出色的樵夫了，我们上山砍柴那利索灵活的身手，几乎不亚于农村小伙姑娘中的任何一位，不少农夫遇上父母都要啧啧称赞：林医生，好福气，有这么一双能干的儿子！那年我仅14岁。

打柴次数多了，我们便不满足只拾些干枝枯叶，便想着进军打柴的最高境界，去干溪打柴。那一天，蓄谋已久的我们六位小伙伴，天不亮就出发了。因为干溪离我们居住的地方近三十里。干溪名不虚传，是那种山洪暴发之时，山崩石裂冲积而成的一道山峪。山洪暴发时连根带下的树木，粗的有两人合抱那么粗，细的也有碗口那么大，有的埋在泥土中，有的悬挂在峭壁上，日晒风吹，天然烘烤，是上等的劈柴。刚到干溪，望着那些遥不可及的"猎物"，心中鼓荡起与生俱来的占有欲望。于是，大家便各自选准目标，开始了艰苦的攀缘。一时间，砍的、锯的、斫的声音声声入耳，溪谷崖顶虎虎生威。

由于柴多，柴的质量也好，而伙伴贪心重，臂力薄，不知不觉暮色四合了，我们还未下到峪底，一种莫名的恐惧瞬间袭击了我们。大家掩饰不住慌张起来，相互打着招呼，督促着赶快下山走人，要不就出不了山了，那是不可想象的后果。有人说，这老林子里莫说是有野猪、棕熊，只怕生性凶猛的老虎都有。大伙被吓坏了，喊的喊、呼的呼，哭声四起，还是我哥哥镇定，他大声吆喝一声："别急，抓紧下山，柴多的丢下些，走人要紧……"

我们在山上慌不择路，家中的父母也急不堪言。夜色很深了，两个半大不小的儿子还未回来，不知是不是出了什么意外，那时又没有现代通信工具，真可谓如坐针毡啊。父亲急得坐不住，一个人走出几里路来迎接我们。当从黑乎乎的暮色中借着月光辨认出我们一行六人走来时，他一路奔跑上前，抢过我的担子，好一阵子又是心痛又是埋怨地数落。不管如何，我们还是历经艰险回来了。

这次惊吓对于父亲是感触深刻的。这三十年来，他缅怀过去时，没少提及，倒是我们没有放在心上，仿佛那次历险的不是我们。

由于我哥俩打柴，我家的柴火堆积了半个教室，像高高一座山。父母亲的一纸调令下来了，恢复他们救死扶伤的临床工作，调溪口卫生所。要离开龙潭河山坳了，说实在的别的都不牵挂，都舍得，唯独那堆积如山的柴火，令我和哥哥心思不宁，舍弃不了。多少次披星戴月，多少次露宿野营、艰辛劳作积攒下来的成果全都要弃之而去了，真难舍啊，难以割舍的还有那些一起打柴艰难与共的憨厚质朴的乡村朋友。

三十年斗转星移，我还时时想起那堆柴火，想起深藏着柴火堆里生活的艰辛与快乐。

伺鱼

湘西的溪水大都是枯瘦枯瘦的。

我们家从常德到湘西的第一站，就是落户在紧靠一条枯瘦山溪的生产大队。

二十世纪六十年代的交通还极为落后，我们清晨从常德出发，辗转颠簸到达湘西目的地时已是深夜时分。汽车在一片冥寂中停稳，我掀开汽车篷布，眼前一片漆黑，死寂般沉静，偶尔几声狗吠告诉我，这儿还是人间。全家人都饥寒交迫、垂头丧气、不知所措之际，忽然从黑暗中冒出一个人来。当知道我们是常德来的，很热情地接待和安置了我们。第二天他找到公社，要求我们去他所在的生产大队落户。

这是个富裕的鱼米之乡，一条枯瘦的溪水绕着房舍、田园而过。门前流过的溪水便成了我少年嬉戏的乐园。

溪水除了温润的春季会丰沛壮硕以外，其他季节的溪水都是干枯的瘦瘠的，只有一脉山溪浅浅地滑过锃亮圆滑无尖角的鹅卵石，静静流淌。有的地段，河床上根本就瞧不见溪水，清冽的溪水都潜在洁白的卵石下面去了。这时，我们便会三三两两结伴来到这样的溪滩上，用赤裸的不太壮实的脊背顶着炙人的太阳，一块一块地翻开那些被溪水冲洗过的石头片，去抓那些穿行于湿润的砂砾间的螃蟹、石坂鱼，虾米等，稍不留神，一下午时光就悄然溜走了，而腰间佩挂的篾制鱼篓则装满了鱼儿、虾儿们。

黄昏的落日开始涂染西天的时候，我们便开始实施伺鱼工程。

伺鱼要选择下游有一泓丰沛溪水的河段，利用溪水的流速和流量的落差去捕鱼。地段选好后，我们便从上游河床扒开一堆堆的鹅卵石，垒成一条八字形的河床，上面宽及整个溪水的水面，往下渐渐地逐步缩小，好让溪水顺着八字形的窄窄河床哗哗流下，然后再在八字形河床的咽喉口，用一只竹篾编制成两米见方的大撮箕伺在那里，溪水可以从竹撮箕间筛流而下，大小不等的鱼儿便会被竹撮箕伺住。这样的"机关"垒砌好后，为了隐蔽，往往还需要砍些荆条枝叶蔓草覆盖其上，使人远远望过来不易被发现。当星斗出现在天幕时，我们便可洗手回家了。

翌日清晨，天刚拂晓，伙伴们便相约着，急切切地一齐奔向八字形河床。此时闪入眼帘的，是一尾尾活蹦乱跳、左突右窜的鲜灵灵的鱼儿，小的不足一两，大的一斤两斤，也是时常遇见的，一撮箕鱼足有十来斤。这时，写在我们脸上的惬意愉悦是用语言难以形容的，心中贮满了劳动的快乐与舒畅。伺一次鱼，三五日家家户户冉冉飘升的炊烟里，还氤氲着鱼儿的腥气……

湘西擂茶

　　到了湘西，无论是上苗寨还是入土家村，热情好客的主人都会在你坐下来稍歇之后，递上一杯热气腾腾的乡间擂茶，上面漂浮着几许芝麻、几片茶叶，香气扑鼻，温情撩人。如果下榻于吊脚楼上，你所领略的又是另一番情韵；古拙的茶几上一溜儿摆开十几只青花小碟，盛着各式各样的佐茶小吃，湘西的泡菜系列、炒货系列、腌菜系列等一应俱全。桌边磨盘大的石擂钵里，正擂捣着以生姜、芝麻、黄豆、茶叶、米、紫苏叶等为原料的细末茶叶。等生铁大锅里用柴火烧的乡间泉水沸腾了，主人就会冲泡出一碗碗香气扑鼻的擂茶，喝上一碗，你简直要沉醉了。

　　湘西的擂茶是别具风味与风情的。

　　喝着香喷喷的擂茶，贤惠的女主人也许还会给你介绍湘西擂茶的来历：

　　很久以前，诸葛亮带兵至此，士兵们长途跋涉，不识水土，大都染上了瘟疫，四处请当地郎中，却不见效果。此时，一位过路的老太太道："此病我能治。"老太太在兵营察看了士兵疫情后，便要求准备四口生铁大锅，八只石头擂钵，用收集来的茶叶、芝麻、黄豆、生姜、紫苏叶、盐巴等农家食物，放到擂钵里，由士兵用结实的木杵使劲捣碎，然后以乡野山岭间树枝柴荆做燃料，烧开泉水冲泡，让士兵们饮用，一日三次……饮用几日这种擂茶后，士兵们一个个痊愈了。后来，这种擂茶传开了，渐成当地习俗。

　　湘西擂茶也深深地烙进了我少年的记忆中。一桌丰盛的乡间小吃摆在面前，如酸梅、辣萝卜、花生米、炸黄豆、红薯条、紫苏叶，十几个褐色的粗瓷小碟摆满一桌，都是我们这些城里小孩贪吃的。特别是一碗碗满是黄亮芝麻的擂茶，散发着诱人的香味，我们喝得津津有味。

如今，为了应酬，也没少去一些大小茶坊，日本茶道、中式料理、工夫茶、八宝茶，也没有少喝，但是，我总觉得没有湘西的擂茶好喝，没有喝湘西擂茶时的那种乡土深情……

难忘小浮桥

岁月的长河经年累月地汩汩流淌……

那时，我们家居住的乡镇卫生院，与喧哗热闹的市井小镇间横亘着一泓清澈透亮的小溪。哗哗的小溪不舍昼夜地流淌，如同一支悠扬悦耳的钢琴奏鸣曲，为这幽幽的闲适恬淡的乡村，增添了些许春情秋韵。

而溪水上却没有让路人过溪的小桥。平时溪水中散落着三五块山间滚落的青石，便权当路人涉水之用的"桥"了，甚是不安全不方便。每至春雨骤至，山洪多有暴发，供人涉水过溪的青石便被汹涌的洪水冲走了，往日柔顺的溪水忽然变得波飞浪涌，狰狞可怖起来。于是，两岸行人特别是我们这群稚气学子，便不能从这里蹚水过河了，而是要绕好长好长一条曲曲弯弯的山路，走得腿酸脚软，到距此十多公里的大桥上去过涧越河……

"这里为啥不修座桥呢？镇上的人都是吃干饭的吗？"村民们脚步极不情愿挪动之时，愠怒的骂腔也抢先从嘴角蹦出，以发泄心中的怨艾。然而，骂归骂，怨归怨，春雨秋水依然不时冲走石块，洪水照样涨满小溪。

日复一日，年复一年，时光匆匆，人们心中的不快却没有消解。

一日，皎洁的月光如淡淡秋水，洒满了这山谷沟壑。这时，我正在山坡上的新房舍里秉灯夜读。透过窗外的月光，瞥见汩汩溪水间，有一群黑黝黝的身影，在来回跨跳，往返不绝地忙碌着……那汗渍油亮、闪着光泽的古铜色脊背，在月光下如同一面明亮的铜镜。

"唉，深秋之夜，还泡在溪水里捕鱼捞虾，为生计而忙碌，农人真是艰辛呵！"我感叹之余，心里还掠过一丝不屑。

翌日，和煦的阳光驱赶着清晨凉意。我们这群学生肩背着书包，蹦蹦跳跳地去上学。临近溪水时，大家都为眼前的景象惊呆了："哇，一座好精致好漂亮的小浮桥啊！"同学们欢呼雀跃起来，欣喜与愉悦如溪水在我们心里流淌……

小浮桥是靠几根直立在溪水中的木桩支撑着的，桥板与木桩的依偎处是一节可以随溪水涨落上下浮动的竹套筒，踩上桥板，便有些晃荡，却是好玩。遇到溪水暴涨，小浮桥再也不会被洪水冲走了。小浮桥在溪水上下浮动像秋千一样，成为我们放学后又一游乐场。

同学们在飘荡的小浮桥上来回蹦跳，欢笑着。而我，却想起了月光下那油亮闪光的古铜色背脊……

茅坡农场

张家界现在成了旅游胜地，人们游览归来，嘴上一片"啧啧"的赞叹声。而三十年前，我与同学们曾在那片奇山异水的山坳间挥汗劳作，却毫无兴致在意它的旖旎风光。

当时，乡镇中学在索溪峪的一个山坳里，学校大部分学子是农家子弟，家庭贫困。于是，学校便在属于张家界市管辖的一个叫茅岗的高寒山区，开辟了一处农场。这样，学校食堂的物质通过开垦种植，自给自足，可以减轻寄宿学生的经济负担。

一个骄阳似火的夏天，高中班的同学在班主任老师的带领下，肩挑行李工具向海拔两千多米的茅坡农场开拔。从学校到茅坡，要走三十多里陡上陡下的崎岖山路，荆棘丛生。我们此行是去开发、建设农场，所以清理这羊肠小路也是任务之一。于是，农村来的同学背负行李，挥舞柴刀在前面披荆斩棘，砍出一条稍微规整的山路。可怜我们几个镇属机关的子弟，平素挑担子本就不多，这次还要负重爬坡，走起路来不是被荆棘绊住了棉被，就是被树枝扯住了水桶，一路上跌跌撞撞，气喘吁吁。走这几十里山路简直受尽折磨，好不容易在日头落山之时到达了农场，个个大汗淋漓。

我放下行李，肩膀都被磨红了。放眼望去，这哪里是什么农场呵，只见三四间低矮的茅草棚掩隐在暮色里，显得寂寞而寒酸，看不出能让人栖息的样子。

随后，我们以班级为单位筑床、垒灶。筑床是用早已准备好的拳头般粗细的杂木条，一根根地用竹篾纵横捆扎起来，放在几块石头垒筑的、几十厘米高的床墩上，形成一个个大地铺，铺上些还散发着稻谷气息的稻草，再铺开各自携带的棉絮被子，这床就算搭建好了。灶台则是田泥掺和着谷糠，用石块垒起的，一字儿排开四口大铁锅，蒸饭、烧水、炒菜全是它们了。

茅坡农场的夜，是恬适静美的。很晚了，我和几个同学溜出茅舍，在四周弥漫着轻纱般薄雾的田埂上溜达。所谓田畴，也只是场部前后五六块依山傍丘的山坡旱地。有些地方田地少，便用石块筑起平台，再挑来泥土填上，估算总共不到二十亩。月亮已上中天，也许是山高天近，月亮在眼中也格外明亮。水银似的光辉镀在山山坳坳、坡坡坎坎上，让农场里几处萎落寒酸的茅草房屋，显得亮丽起来。

山巅上，山高雾浓，雾的帷幕把明亮的月光裹挟而去，深沉的黑夜笼罩了眼前的一切。回到宿舍，我们翻来覆去都睡不着。棉絮底下那些捆扎不牢的荆条杂木顶着脊背，仿佛身子被搁置在一个尖锥形的架子上。我想起一个成语：卧薪尝胆，那含义大概就是我们现时的这种感觉吧。

班主任是位语文老师，毕业于著名的四川大学中文系，曾任随军记者。人长得白皙颀长，一表人才，写得一手好文章。这时，他瞅着这一通铺辗转反侧、睡不着觉的学生，也不知是怜悯我们少小磨难，还是想启发我们用浪漫心态面对当下，他说："同学们，我们来到这山当被、地当床的高山峻岭，辛苦艰难自然不用说，但是我们要经受得起这种磨难。"接着，他吟诵起自撰的诗歌："我站在这高高的茅坡山巅 / 俯瞰足下起伏的群山 / 大山似波涛汹涌 / 如芙蓉花瓣 / 劳动的激情震撼了白云蓝天 / 蓝天白云是我结识的伙伴……"在老师抑扬顿挫，充满感情的吟咏中，劳累一天的我们，便酣然入梦了……

这是在茅坡农场度过的第一个夜晚，也是我生命中难以忘怀的一个秋夜。

第二天开始，我们就投入了紧张的劳动，开山、挖土、担石，对展现在我们眼前的青山秀水，都无心欣赏。现在回想起来，茅坡农场是我踏上人生旅途遇到的一座精神富矿。

沅江记忆

沅江碧波荡漾，深情款款，不舍昼夜地流淌，流淌……它在我记忆中流淌了六十年，环绕了六十年。六十年岁月匆匆，四处行走，天涯海角。无论是闯广州去深圳，还是返回株洲、长沙，这条河一直跟随着我——不！是我一直追随着这条河，它是我的母亲河，六十多年了，一刻也不曾遗忘。

沅江的源头是清水河，清水河是贵州都匀市的一条河流。沅江流经贵州、四川、湖南、湖北，汇入洞庭湖。沅江也是湖南湘、资、沅、澧四大水系之一。

我是在常德沅江边长大的，那时，外婆带着我们兄弟三人在父母工作的医院居住。自小就熟悉消毒液的气味，亲近"白大褂"，喜欢医院的那种肃静的氛围，喜欢在父母工作的病房诊室间转悠。后来，我便用医院的"资源"与同学们拉关系，比如，介绍同学父母来医院看病换药，用废弃的药盒送给养蚕的同学换取蚕宝宝，用针头制作甩炮枪换取农村同学的红薯。

外婆个子不高，瘦小而坚强，她是文人遗孀，懂得知识文化的重要性，她养育的五个孩子，个个都学有所成，尤其她认为女孩子更应该读书有文化。外婆搬离医院后，我们每周都乘船过沅江，去常德城里看望孤单的老人家，安排好她的生活。这成了我家一条铁定的生活内容。这样，经常地过河渡水，我们与沅江愈发亲近起来……

沅江奔涌不息，舟船往来，两岸高楼林立，灯火繁华。人们在这里繁衍生息。常德是一座人杰地灵，风景旖旎的城市，位于洞庭湖西岸，物产丰富，气候宜人，历史悠久，人文气息浓郁，民风古朴，重文兴教，适宜居住，自古就是富庶的鱼米之乡。每个周末，我跟着爸妈，和哥哥一起，乘船过河去城区。渡船是人车混装的，在青年路渡口停靠后，机动车先上岸，然后是单车、板车和人群，鱼贯而下。踏上码头，两边熙熙攘攘，吆喝起伏，买鱼虾，买青菜的，售水果瓜枣的，等待租车带客的，煞是热闹。我们挤挤挨挨穿过市场，便径直去外婆的居所。

外婆住在一条老街的小巷里，一进大门是两栋对开着门的平房，中间有个长条形天井。外婆住在进门靠右那栋的第二个房间，是个里外套间，面积不大，大约四十平方米，足够外婆一个人居住。外婆见我们去了，很高兴，尤其见到她一手带大的外孙更为喜悦，马上就带我们去隔壁的面馆吃阳春面。原来我们住在德山的职工疗养医院里，几乎所有的生活空间都在医院的围墙以内，吃饭的食堂里总是"老三样"——馒头、花卷、稀饭，而医院周边生活设施也单一，少有饮食店、面馆之类，更不用说早上去面馆吃阳春面了。外婆带我们开"洋晕"，那天在面馆，服务员问我们，面要不要带"性"？要什么"稍子（浇头）"的？要汤多还是汤少的？吃碗面还有这么多讲究，让我们瞠目结舌，还是外婆给我们解了围。哥哥对面馆伙计们彼此间的吆喝互答产生了兴趣，觉得拖腔带调、声高音短的呼答很有韵味。特别是伙计们端面的本领那真叫一个"精彩"，二十来碗热气腾腾、汤满汁溢的面条，用几块木板托着有半米高，端在手上，穿梭于桌子与人群之间，平稳妥当，不溅出一滴汤水，像在表演杂技一般。

在外婆住所，我们父子三人为外婆做藕煤。做藕煤的关键，是要会灵巧地使用藕煤机。藕煤机是两根圆铁连着一个藕状的铁模子，把散煤添加黄土和水拌匀，拌得不干不稀成泥状，再用藕煤机一个个地按出来。做这个活需要用力气，按得几十个藕煤，手臂就酸疼起来，好在我们父子三个轮流操作，二百多斤藕煤一上午就完成了。

下午给外婆挑水也记忆深刻。那时常德城里居民没用上自来水，老百姓取水有两个去处，一是去沅江汲河水，早晨或傍晚时分，逶迤的沅江边，荷桶挑担的男女老少熙熙攘攘，人声喧闹；二是去域里的几口老井挑水。外婆家离沅江甚远，挑井水是我们的选择。水井就在不远处的街道边，那是一口竖式水井，井口周边、井壁是用麻石砌的，井深十几米，从麻石的颜色看，应该有些年头了。取井水不像北方有井架，而是用一条长长的绳子拴着一只桶，从井口慢慢放下，降到水面后，左右晃动吊桶，突然发力使吊桶倾斜舀满水，再慢慢地提着井绳拉上来，一吊桶一吊桶地倒进各自带来的水桶里。我们实习了两次，便能打上水来了。一个下午，我和哥哥就为外婆挑满了四缸水，她老可用好几天了。

当年，常德城里的街道不宽，而小巷密布。夏天特别热，那时没有电扇，没有空调，"乘凉"便是唯一的消暑方式。街道上、小巷里，从下午四五点钟开始，就有人用井水泼洒地面，祛除燥热火气。大人、小孩把竹床、躺椅搬了出来，摆在路边，有的人家还备有蚊帐、蚊香。吃过饭洗过澡后，人们便从家里陆陆续续走出来乘凉，大呼小叫地。小孩子往往是争先恐后，摆竹床，占地盘，嬉笑吵闹。家里的老人则常常走在后面，他们要沏壶酽茶，富裕点的人家还备上水果、瓜子等零食。扇子也算是乘凉中的一道风景，有纸扇、葵扇、羽毛扇、蒲扇，还有团扇，五花八门，形制各异。我最喜欢外婆的那把羽毛扇，那可是有年头带包浆的老物件，不知是否是外婆家先人传下来的？外婆特别珍视，我觉得是有来历的。在常德"乘凉"，每晚都是听着外婆娓娓动听的故事，进入了梦乡的……

常德"乘凉"形成了一种程式与文化，它让人怀念与遐想。

夜泛洞庭湖

八百里洞庭美如画，这是句歌词，是歌颂母亲湖洞庭湖的。洞庭湖宽阔无垠，碧波渺渺，浩瀚神奇。

我自小在洞庭湖边的常德长大，参加工作又鬼使神差地来到了岳阳，更是傍着波涛浩瀚水天一色的洞庭湖了。喜欢阅读的我，总在文学著作中看到：在交通不甚发达的古代，文人雅士们出行与游历都是借舟船之利泛舟湖海，轻舟一叶迢迢千里，或大江或大海，长水瘦浪，在船上煮酒论诗，挥墨写意，生发出许多的故事，抒发几许情怀，浪漫潇洒！如神仙般快活自由……我便寻思着生命中也来这么一次乘舟旅游，充分感受下古代贤人的文化况味，那该多好！

不久，身处南洞庭益阳沅江的哥哥有信鸿雁飘来，约我去游。收到邀请后在选择出行方式时却让干铁路的我犹豫起来，铁路交通便利，舒适、快捷且不花钱，但我还是对乘船游洞庭湖充满向往与期待。当我打听到从岳阳去益阳沅江有长途水运客运业务时，高兴得跳了起来：真能如我所愿了。

洞庭湖在我国属于三大湖泊之一，论声名却在各大湖泊之首。这不仅是因为它的辽阔壮美，更缘于那篇著名的《岳阳楼记》。作者范仲淹，字希文，祖籍邠州，北宋改革家、政治家、军事家、文学家、教育家。因秉公直言而屡屡遭贬斥，1046年范仲淹再次倡导变革被贬，恰逢另一位被贬在岳州的朋友滕子京重修岳阳楼，约请他写一篇赋文。此时，范仲淹并没有到过岳州，也没有见识过刚刚修好的岳阳楼，他完全是依据深厚渊博的学识、当时报国无门满怀情思的心境，凭湖写楼，登楼赋水，抒发愁绪，表达情怀："先天下之忧而忧，后天下之乐而乐"的佳句一时响彻天下，成为中国传统文化中贬官文化的圭臬。其中"北通巫峡，南极潇湘""春和景明，波澜不惊，上下天光，一碧万顷，沙鸥翔集，锦鳞游泳，岸芷汀兰，郁郁青青"，都是描写洞庭湖的佳词丽句，诗意盎然……

是夜，天空晴朗，晚霞璀璨。在霞光的照耀下洞庭湖泛起无垠的金黄色波光逶迤而去，壮丽一片。我登上停靠在巍巍岳阳楼下的"潇湘"号游轮。这是艘四层楼高的中等游船。一层是普通舱，在船的底层，二层是二人、四人、六人、八人大小不等的包厢，三楼则是餐厅厨房，娱乐活动室等，四层即顶层是观光览景的极佳位置。我是个学徒工，每月工资二十元，只能屈身挤在普通舱里。

普通舱里是一长条一长条的座椅横竖成排组成的，其实就是个大通铺，与其他等级的舱位包厢不一样，没有睡觉的床铺，只供旅客坐着休息。坐普通舱的旅客身份三教九流不等，经济文化状况参差不齐。所以，一脚踏进这普通舱的大门就迎面扑来一股股熏天呛人的气味：有鸡鸭禽类的屎粪味，因为普通舱的角落落里到处都是一笼笼、一篓篓的活鸡活鸭等禽类，屙的鸡屎鸭尿四处泛滥，臭气熏天；其次是一股臭脚丫子气味，坐普通舱的旅客大都是劳工阶层，迫于窘困的生活工作条件鞋破脚臭者比比皆是，造成空气中弥漫着丝丝缕缕的臭气，还有空气中氤氲着的汗臭。但是身处其间者反倒失去了察觉这些气味的嗅觉，一个个三五成群，四六一伙打牌玩扑克兴致正酣，吵闹一片……二十世纪八十年代初期，还处在改革开放的初期，经济不富裕，社会发展慢，人民群众的生活可见一斑。

我在一个临窗的过道上找到了容身的座位。无奈地坐下，闹中求静看起书来。

客船在一声高亢雄伟的汽笛声中驰离了岳阳。我嫌普通舱太吵闹就爬上四楼挤着船舷旁观赏湖边的风景，夜色中的洞庭湖如同一块偌大的黑色帷幕，被夜风鼓荡着，时而东边飘起时而西边沉下，偶有浪花飞溅。不一会儿，宽阔湖面的远处朦朦胧胧显现出一片青黛色，那就是君山了。君山是八百里洞庭湖中的一个小岛，与千古名楼岳阳楼遥遥相对，总面积 0.96 平方千米，由大小七十二座山峰组成，被"道书"列为天下第十一福地。有著名景点：柳毅井、湘妃祠、洞庭庙、飞来钟、二妃墓、龙诞井等。余秋雨描写说："君山是个小岛，树木葱茏，景致不差，尤其是文化遗迹之多，令人咋舌……"但其中最着人文情怀的莫非二妃墓与湘妃竹所承载的故事了，由于是夜游洞庭湖，不便上岛旅游，我只能在冥冥暮色中张望那一片深色的青黛。

船在夜幕中的浩浩荡荡洞庭湖里航行，不时经过一片片芦苇荡，惊起一群群野鸭子等鸟类"扑簌簌"地飞起鸣叫，偌大个沉静深邃的湖面才有了生机，洞庭湖才是个真实的所在，才有了生活的气息。宏伟宽阔的游船在洞庭湖博大胸襟里显得那么的形单影只，渺小而凄清，这又让我想起了古代人的生活出行，交通信息闭塞，物质生活水平低下，如照明取火等物质资源匮乏，是如何生活的呢？还要出行几百里上千里，走南闯北遍游神州就仰仗一叶篷舟，迢迢千万里，渺渺无垠间，简直不可想象与不可思议。古代之人的生命生活不是以物质的丰盈亏欠为标准的，而是以文化、知识、理想为风帆的，浩荡八百里洞庭，绵绵几千年历史，一个独立的生命在其间又算什么呢？一只树叶，一息浪花？也许什么都不是，但他们的生命质量因文化而厚重起来……我的思绪在波飞浪遏中纷扬，不觉间游船就到了一个叫安乡茅草街的地方，这是个小码头，但有客运业务，游船放慢了航速，打着灯火准备系缆靠岸。不知是夜色茫茫风大浪高还是船员业务生疏，客船靠岸，刚靠上去几个波涛涌来，便把船只推开，客船连续几次靠码头居然都未成功，真吓得我汗都出来了！我怕翻船，在这渺渺茫茫的一片泽国里出事故那可是上不接天下不着地啊！民间不是有句俗语；"上了贼船，不是屎也是死。"这样的生命体验我还是第一次感受，也许是我少见多怪、孤陋寡闻。在这之前我还未坐过飞机，他们说也是有这种命悬一线的感觉。倒觉得在地面上跑的火车、汽车安全些，好坏有宽厚的大地托着呢！好不容易客船终于靠上了码头，上上下下办完客运业务后，客船又在夜色中启航了。

天边露出鱼肚白的时候，客船到达了南洞庭湖的一隅沅江。这次夜泛洞庭湖从北到南，来了一次穿越式旅游，尽管夜色茫茫，湖天一色，浩渺深邃，烟波盈盈，我还是感受到了洞庭湖的伟岸神奇、幽邃无垠。

乡愁，是一碗家乡的米粉

　　著名中国作家余光中的《乡愁》可谓道尽了漂泊在外中华儿女的思乡之情；"小时候，乡愁是一枚小小的邮票，我在这头，母亲在那头。长大后，乡愁是一张窄窄的船票，我在这头，新娘在那头。后来啊，乡愁是一方矮矮的坟墓，我在外头，母亲在里头。而现在，乡愁是一湾浅浅的海峡，我在这头，大陆在那头。"每位在世界各地的中华子孙读到此诗，无不激荡起心中波澜壮阔汹涌而至的乡愁。

　　我是在城市里长大的孩子，我的乡愁不是田野上那如丝如缕的炊烟，不是那千年柏树上筑巢的鸟鸣，不是那山峦上蜿蜒逶迤曲曲弯弯的村道，而是一碗家乡的米粉。

　　改革开放之初，我也像成千上万的弄潮儿一样去了大湾区城市广州淘金，那时的粤都刚刚打开国门，涌进许许多多各色各样的海洋文化的东西，新观念、新思想、新文化、新物件让人瞠目结舌目眩头晕，特别是饮食文化，那些精工细作慢火温炖的粤菜刺激着外来人的味蕾，挑逗着打工者的眼球。每天各式各款花样翻新的早茶，什么龙虎斗菜肴的中晚餐，让你应接不暇，找不着北。特别是市场经济的暗潮汹涌，许多的见面、业务、谈判、合同都是在饭桌上进行，趋利者为达到自己或公司的利益绞尽脑汁巧立名目，烹饪出各种各样色香味俱全的广东菜、潮汕菜，挑逗对方的味蕾，白酒、洋酒、啤酒齐上阵。那时，我每周都有去广州开会谈业务的机会，每次都被广州的朋友在饭桌上折腾得昏天黑地，酒足饭饱，口苦舌涩，只有在周末浑浑噩噩中爬上回家的火车，一觉醒来回到家乡，进家门洗个澡吃碗家乡的米粉，啊！才找到了家的感觉，才找到了故乡的情结。

家乡的米粉透着家的乡土气息与味道。首先是米粉的材质来自江南故乡的稻谷。湖南自古就是鱼米之乡，大部分地区都盛产大米尤以洞庭湖区域最典型。因此家乡的米粉又以常德津市米粉名气最大，并且米粉的品种也纷纭繁多，有扁粉圆粉，有干米粉湿米粉、粗粉细粉。烹饪的方式也是五花八门好多种，带汤的，干拌的，凉的热的，炒粉炖粉，特别是吃炖粉是招待亲人款待朋友聚会议事的最好方式。桌上是一锅沸水高汤，摆着几只碟子盛着已经加工好的各式米粉和佐料，四五个人围坐在一起，根据各自不同口味，用筛型漏斗在火锅里下粉自捞上来放在各自碗里吃，有点吃自助餐的味道。吃津市米粉伴有许多形形色色的佐菜，如洋姜、黄豆、腌豆角、辣萝卜、剁辣椒、香菜、藕丁等十几和，都浸透儿时的味道妈妈的深情。一碗粉下肚家乡的感觉、思念与怀想都得到了释放与浇注。

回到家乡，一碗家乡的米粉能冲抵在异乡的山珍海味、鱼翅龙虾，能赛过早茶烧烤、粤菜冷碟，这就是乡愁的力量。

前些日子，荧屏上推出系列"味蕾上的中国"节目，川菜、湘菜、徽菜、本帮菜等林林总总，山西的面食、陕西的饹拉汤、东北的一锅炖不一而足，舌尖上的味道唤起漂泊者的乡愁。著名作家汪曾祺说过：许多地域的乡土文化大都蕴涵在各地不同特色的饮食文化中。

第二辑　月黑风清

火塘

　　火塘是湘西常见的生活设施，是湘西人重要的社交会客场所，我对火塘的认知源于在湘西短暂的生活岁月。

　　湘西人居家过日子少不了火塘，筑屋置业，火塘是不可或缺的。设计规划时，火塘位置放哪里，多大面积，必备的烟道、晾架、烘房等，应悉数考虑才周全。

　　到湘西做客，主人会首先把你迎进火塘。火塘就是在室内地上挖成的一个小坑，四周垒上砖石，中间生火取暖做饭，又称"火铺"。火塘终年柴火不断，烟火不息。火塘是生活中非常重要的一部分，也是人际交往、聚会议事的场所，有的少数民族每年还在火塘祭祀，祈求家人安康。火塘中间有个可以升降的挂杆，一般上面挂着一把烧水的水壶，可以升上去或降下来，周遭悬挂着主家所有的腊货干菜。湘西农家过的是自给自足的生活，一年之始，吃的喝的生活食物都会安排好，养几头猪喂几十只鸡，羊放在山上，鱼养在池塘，米粮稻谷蔬菜果枣都有计划。到了冬末年关，杀猪宰羊腌肉灌肠，除了过年吃的猪头外，其他剩余的都会挂在火塘熏烤，鱼肉、自灌香肠和猪肚猪肝等，吃时就在挂钩上拿取，至下一年除夕前。湘西过年时作兴吃猪头，除夕年饭时，他们会请从医的父母去家里过年，以此感谢父母对他们缺医少药的照顾；丰盛的菜桌上会摆上好大个猪头，肥头大耳，傲然端放在桌子中间。为什么湘西过年要吃猪头，我没有研究过，但这古朴的民风，独特的习俗给我烙下了深刻的印象。能吃上农家正宗的腊味那是贵客的礼遇。食材环保，都是家里自己饲养的"活物"，没有污染和保鲜制剂，经过烟熏慢烤，香味扑鼻。熏烤用的树木柴草，有些是贵重的中药材，品种繁多，经熏烤过的腊味口感特殊奇妙。火塘上熏烤的腊味多少，品种丰富与否，能看出主人家底的殷实与否。

火塘的火一年四季都不会熄灭的，火塘一般都是烧树蔸蔸。农闲之时，农家的一项主要的活计就是挖树蔸，漫山遍野地寻找，找到上好的树蔸一个人挖不了，还得请人家帮忙。农家屋前屋后都堆着这些大小不等的树蔸蔸，清晨主家一起来就要充填火塘：他们会在不同时日选取一些树蔸蔸架在火塘底部，还会选取几块干湿不一的劈柴围笼在树蔸周围，再在上面盖些牛粪、草皮、树枝拌和在一起的柴披压在上面，有的还洒上些水，弄得湿湿的以免柴火迅速燃烧，让慢火烟气不断缭绕升腾，云蒸雾罩。

来客就请坐火塘，主客坐什么方位是有讲究的。一般客人会被安排在正座，即吊杆挂水壶口背面的位置，"吱吱"直冒热气的水壶口不能对着客人，主人则坐在两侧及时地添水倒茶，添加火塘的柴火也很方便。我去西藏旅游时也见识过藏民们家中的锅庄，也是在家中设置一个议事做饭的灶台，类似于湘西的火塘，是藏民们家中议事接待客人的重要场所。藏民一日三餐也是围绕着锅庄，烧牛奶、打糌粑、制奶茶等，所不同的是他们烧的牛粪，没有明火；他们经常会在有重要客人光顾时，围绕锅庄唱歌跳舞，久而久之形成了驰誉中外的"锅庄文化"。

我在湘西时，放学回家或去老乡家，最热衷的是坐在火塘旁，拿火钳去柴火灰烬里翻食物，经常会有不可小觑的收获。那时农村还没有彻底解决温饱问题，很多农家以杂粮如地瓜、玉米、花生、芋头等搭配就食，所以火塘里经常有埋在火灰里或摆在火塘边烧烤的食物。我们放学之后，正赶上饥肠辘辘，就跑到火塘去翻找，有大把的意外之喜。农家奶奶心疼我，常常会把红薯、玉米等食物埋在火塘里烤着，等着我去翻找。开始我还以为是自己运气好，总能找到食物，后来才明白这原来是农家奶奶有心安排的，心中温暖无比！

水车

现在，湘西很少看见水车了，过去湘西水车是很多的，且形制与规模也百态千姿。水车是湘西农村常见的生产用具，无论你走到哪，水塘边，田埂上，各式各样的水车便会出现在你眼前。有的水车很高大很威猛，车架有两三层楼房高，水桐木做成的排水扇片，一扇一扇地绵延几百米甚至上千米。也有小水车，就架设在水田边上，一两个男劳力用手摇动水车，把水塘里的水送到秧田里，这种小水车很是管用。

我还是喜欢高大威猛的水车，车水时可以爬上去四五个男女劳力，这种水车耸立在溪边，常给人许多的遐思与联想。

水车历史悠久，外形奇特，据说起源于明朝，是古代最古老的提灌工具，又叫"天车""翻车""灌车"。水车是一种利用自然水的冲击力进行灌溉的水利设施，体现出古人聪明智慧。清末，诗人丘逢甲途经南方，在凤凰山区见到水车，于是写下《山村即目》诗："轧轧车声水满陂，溪山佳处客行迟，林腰一抹炊烟淡，知是人家饭熟时。"可见，那时水车已经得到了广泛使用。那时，湘西农村都是自然村落，像星星一样零散地分布在山山坳坳，农田大都是靠天吃饭的天井田，下雨蓄不住水，天干时又严重缺水。后来修建的几座水库也远远供不及需，且由于田土的高低错落，也是远水解不了近渴，而水车就可以解决高低不同的田地的灌溉问题。

我见到的湘西水车，大都是由一个车架、一条木制水渠组成，以人工踩踏拉动一扇扇叶片，把水排入木制的水渠，当看见清冽冽的水从木制水渠流进干渴的田里，其欣喜之情是难以言喻的。

我曾在其他地方见到过水车。有次去旅游，在兰州看见过一架架耸立在黄河岸边，势遏白云的水车。高大雄伟，浑圆的车架，直径有十米，由若干个各种木制叶片、木制短柱组装拼接而成，都是榫卯结构的，全然不用一颗铁钉。在水车上方的黄河边筑一条水沟把水导引过来，冲动水车下方的叶片，水车便缓缓滚动起来，叶片后面的一截水槽蓄满水爬上高处，再一截截地倾倒在木制水渠里哗哗流向田野沃地。高高的水车如同追赶日月的风火轮，改变着农村的生活。后来农村的水利设施不断完善，水车的实用功能渐渐消失。现在，很多景区就用复制的水车，安放在水边，供游客体验过去，感受生活。

记得，刚下放来到湘西农村，我第一眼见到水车，就油然而生一种亲切感，它们仿佛是我久违的伙伴。我多次向生产队队长请求，要去车水，因为还不是干旱时节，而只得作罢。干旱来临了，我终于如愿以偿。我们找到大树浓荫如盖的一处田头，架起水车，把两边的田间水渠培好土，并把长长的木制水槽逶迤地铺排开去。于是，男男女女争先恐后地爬上高高的水车，步伐整齐地踩动踏板，拉动一扇扇叶片，发出咿咿呀呀的声音，一股股水流便从木制水槽里涌出……这时，清风徐徐，山雀啁啾，合着踩水的节律，我们唱起了山歌，悠扬的歌声飘荡在山村的上空……

高桥之夜

当年，我们全家搬往湘西，第一个安顿之处是高桥公社学校的一间教室。时值隆冬，学校放假了，一摞摞桌椅堆起似一座小山，占据了教室的一半空间，剩下的一半，权当我们的新"家"了。

湘西的冬夜是非常寒冷的，教室窗子的玻璃残缺破损，上面裱糊着旧报纸，被肆虐的风刮得"怦怦"作响，窗框、门框也咯吱咯吱地在叫。

清晨，我们从常德出发时，天空就开始飘雪，晶莹的雪花飘飘洒洒一直伴着我们前行。破烂而陈旧的老解放牌汽车，许是载重的缘故，一路喘着粗气呼呼地爬山，一座又一座，愈行驶愈见其陡峭，路却是渐渐瘦削纤细了。过了一个村落又一个村落，人烟也开始稀落了，汽车仿佛还没有停下来的迹象，一个劲地往深山沟涧里开……不知道走了多远，当我对行程有些麻木时，汽车突然停了下来，我掀开厚重汽车篷布，眼前伸手不见五指，朦朦胧胧一片，远处偶尔几声狗吠，觉出这还是现实人境中。这时听见了父亲与人的谈话声，没过多久，夜色中出现了一群村民，在一位干部模样的人指挥下，一会儿工夫，就把我们所有的家什行李塞进了这间教室。父亲拿出香烟感谢他们时，村民们连连摇手，很快散去了，而这，仿佛寒夜里一把火，温暖了我们漂泊的心。

不一会儿，又是那个干部样的中年人人，抱来几大捆柴禾，在教室里点燃起篝火，噼里啪啦的干柴燃烧爆裂声，驱散了我们一路的寒冷，一路的不安。清晨出发时，我们只吃了简单的早餐，途中也没有填充食物，到这时着实有点饿了。中年人不知从哪儿找来几块糍粑，他架好柴火，耐心地告诉我们如何烘烤糍粑。当一个个白净净的糍粑在烘烤下慢慢膨胀充盈起来，我的心也暖和起来。糍粑绵软细嫩，咬一口，可拖出长长的一条线。从来没吃过这么香喷喷糯绵绵的糍粑，我们连连称好吃好吃，这时一家人已忘记了一路的劳累和恐慌。

在一个僻远的乡村，在一个荒寒的冬夜，一个陌生的中年人，一群朴实的农人，驱除了我们身上和心头的寒意，让我们感受到人世的诚挚和温暖。我们在高桥的这间教室里住了多久，何时去了落户的生产大队，我都不记得了，也不重要了。重要的是，我永远不会忘记四十多年前那个温情的高桥之夜……

湘西赶年

车窗外的鹅毛大雪，如同万千只晶莹的蝴蝶正在翩跹起舞，很快地，一床洁白如绒的雪被，覆盖了起伏的山岭和无际的田野。

年关临近之时，身在外地的湘西人，即使在天涯海角，都会风雨兼程，披星戴月，风尘仆仆地往家乡赶去，赶在腊月除夕夜零时前回家，湘西人称之为"赶年"。坊间有赶早不赶晚、赶早过年图吉利的说法。

据载，湘西人赶年源于土家族人的习惯。明朝嘉靖年间，倭寇不断侵扰沿海，成为朝廷心腹之患。尚书张经上奏朝廷，说湘鄂西一带土家人剽悍善战，若能征调前往平倭，必能胜利可期。明世宗准奏。当年，茅岗（现张家界市内）土司覃尧之等即奉旨带领三千土家子弟出征。时值年关，覃尧之下令，家家户户做甄子饭，切坨子肉，斟大碗酒，提前一天过年再出发。过年后，土家兵奔赴前线，为击败倭寇建立了功勋。自那以后，湘西过春节赶年就形成习俗，一直延续到今天。于是，从腊月中旬起，家家户户开始杀猪，做甄子饭、捏猪血豆腐，忙得不亦乐乎。那时的湘西人穷得苦不堪言，辛辛苦苦喂大一头猪，等着过年才杀。一头猪就是一个农户家庭一年生活的油荤。

此刻，车窗外的雪花还在飘洒，这是我离开湘西在外成家后，一家三口第一次回湘西赶年。往年在岳母家过年过节的我，常会滔滔不绝地向妻子渲染湘西过年那浓郁独特的民俗风情，每每能撩起妻子无比的向往。这次我们带着牙牙学语的儿子回家认祖，老天爷似乎是在考验我们的诚意，早上一出门，鹅毛大雪就开始漫天飞舞。

冒着飘飞的瑞雪回湘西赶年，本是情趣氤氲的事情，可汽车的刮雨器坏了，喘着粗气的墨绿色汽车便不时停下来，司机下车去擦拭前窗玻璃上的雪絮冰凌。这样走走停停，停停走走，使我们赶年的心情愈发急迫起来。雪越下越大，车内人愈来愈冷，三百多里路程呢，何时才能到家？

真是船破又逢连阴雨。这时，一根被雪压弯的横逸树枝又撞坏了车侧的窗玻璃，凛冽的寒风挟着雪花肆无忌惮地闯了进来，车厢已似冰窖、如坐针毡了。大人还可咬牙坚持，而小孩却难以忍受了，车内不时响起了孩子们哭声。不过，我那刚满三岁的儿子好懂事的，尽管冻得浑身发抖，嘴里却喃喃地反复念叨着外婆的叮咛，给自己鼓劲：灿灿比牛哥哥乖！灿灿比……

历经折磨，终于在夜幕四垂后回到了小镇上的老家。推开风雪掩映的低矮柴门，迎候我们的不仅仅是温暖的橘灯盏盏，更是一片温暖周身的亲情。顿时，一路的疲惫和寒冷均化为乌有。

腊月二十九日子时到了，赶着时辰争先过年的风俗开始了。外面响起了鞭炮声，愈来愈稠密，愈来愈浓烈，你追我赶似的，仿佛要掀天揭地一般。民间说，"年"是一种怪兽，过年就是要在除夕夜燃放鞭炮驱赶这只怪兽，以祈来年五谷丰登，亲人平安，近似于祭祀。我推开房门，只见眼前一簇簇炽亮的火光闪亮在透迤绵延的山山坳坳，鞭炮如同一丛丛盛开的蜡梅在那里争妍斗艳，冉冉升腾的紫色烟雾笼罩整个小镇的上空。赶年鞭炮声一直要延续到第二天深夜子时。至于年夜饭上的甑子饭、大坨猪头肉和大碗大碗的酒，醉倒了多少剽悍的湘西汉子……那都是后话。

离开湘西近三十年了，脑屏上还时时出现一幅乡风淳朴，鞭炮祥腾、蜡梅盛开的风俗画，历久弥新。

扁担悠悠

杨梅洞，一个本应该与我擦肩而过的地名，却鬼使神差地走进了我的记忆，且烙上了深深的印迹。尽管时光匆匆，世事变迁，人生漂泊，而杨梅洞却总是执拗地盘踞在脑海里，永远挥之不去。

二十世纪七十年代中期，我们一群胸有大志、怀抱未来的高中毕业生来到了这里。这是湘西众山中一个十分不起眼、格外荒凉贫瘠的小山坳。一条无名小溪的流程，就是环绕着这个大队的十二个村落，杨梅洞便是大队部所在的生产一队。

听说有知青要来，乐坏了豪爽开朗的生产队队长，他连夜安排队上的壮劳力，人人扁担一根，第二天赶早来到公社所在地，翘首等待县城开来的知青汽车。披戴红绸红花的大巴士刚停稳，乡亲们立马把车门挤得水泄不通，喊的，叫的，拉这个，拽那个，乱成一片。当公社书记在地坪上，大声念出我们十名清一色男知青去杨梅洞时，生产队队长乐得笑不拢嘴：嘿嘿，十个男劳力！随即他便安排将我们的行李装筐装担，接着他高喊一声，行李担子一齐上肩，于是，扁担悠悠，向杨梅洞进发。

就这样，我成了杨梅洞的一员。

来到杨梅洞，于我最具挑战性的农活，是犁田。说实在的，未犁田前，我并不认为这是难掌握的农活，不曾吃过猪肉，未必没见过猪走路嘛，自以为扶起犁舵，挥动鞭子赶着牛走就是了。是日，我缠着队长说：堂堂七尺男儿，每天都与堂客媳妇们锄草、点种，太没意思了，我要犁田！队长满眼惊愕和疑问，却顶不住我软缠硬磨，终于同意了，他叫来生产队犁田的好把式，要我拜师学艺。

师傅把一头壮实硕圆、两只牛角虎虎生威的黄牯牛牵到我跟前，我刚想上前去牵它，它一声嘶吼，把头潇洒地一甩，以示对我的蔑视和抗拒。师傅立即呵斥了一声，黄牯牛立马温顺了许多。把犁轭架在黄牯牛肩上，把沉重而锋利的犁刀插在早春冷浸的田里，我就开始模仿师傅犁田了。其实，犁田是既讲技巧又需要力气的活儿。掌犁很有技巧，手使劲大了，犁刀深深插入泥里，牛拖不动，也虐待了牛；使劲轻了，犁刀在泥面上飘滑，既翻不起泥巴，犁把还有可能脱手倒犁，犁刀刺伤牛脚。试了几次，还是掌握不了扶犁的技巧。黄牯牛许是烦了，趁着犁往上飘不着力的时候，疾奔起来，我紧追不舍，几个趔趄，倒在了水汪里，喝了几口臭泥水，浑身落汤鸡似的。犁倒在田里，被黄牯牛拖了好一程，犁刀还险些划伤了牛腿。老农师傅狠狠地骂了我一顿，说要是划伤了牛的脚筋，他们家的屋脊就塌了。起先，我不懂话中的含义，后来才知道牛是农民的命根子，是一家人的靠山。

我矢志不渝，不辞苦累，坚持天天去犁田，几天后，我大体上掌握了这门农活，也让我体会到了农村生活的艰辛。

我们来到这里，村里那片松树林的知青屋，给夜晚的乡村增添了一抹璀璨的灯光。劳累一天后，大家围坐在煤油灯前，或吹拉弹唱，或绘画写诗，吸引了不少村里的青少年，他们有的静坐围观，有的跟着学唱歌曲，久久不愿散去，直至山野间响起一声声召唤的声音……

扁担也是农村的主要用具。有一次，我们去水库工地，我的挑担前是水桶，后是铺盖，虽然不很重，但在茶树林里，担子被左牵右绊着而沉重了许多。如果扁担不好用，或使用不熟练，肩膀很快会被磨得鲜红肿痛，甚至磨起水泡，疼痛难忍。农民都很重视扁担，每户都有几根木质好、舒适合肩的扁担。农家扁担大都选用上好的木材或优质的楠竹，精削细磨而成，上肩的部位和挂东西的两端打磨出适度的弧面，细腻不扎手，更便于长途挑担。我盼着有一根好用的扁担，不久，热心的农民兄弟就给我做了几根，用它们挑担，搁在肩头，悠然悠然。遗憾的是，后来它们都被我弄丢了。然而，那悠悠扁担带来的情谊，我没有也永远不会丢失。

碾坊

我到农村，碾坊是那样吸引着我的目光。

村子在一个小山沟里，整个村落伴着一条清冽的溪水，房屋稀疏、零散，看似随意的布局，却像一幅浓淡相宜的山水画那样耐看。知青房舍建在一片小松树林中，离村里的那座碾坊只有百来米远。收工饭后，我常常到碾坊去看碾茶籽、榨香油。那一桶桶刚榨出来的茶籽油，散发出浓浓香味，我想，就是冲着这香气，我也要去吃几天"碾坊饭"。要知道，那是个缺粮少油的年代。

乡村碾坊大都建在靠山溪的山脚下，碾坊四面敞开，便于透风。内有一架木制榨油机，用一截粗大的圆树木镂空制成，里面可以码放几百个油饼。榨机旁还有一圈圆形碾槽，槽沟深二十厘米，呈锥形，带动碾轮有用牲口拉的，也有用水冲动的。如用溪水带动，须用剖开的竹筒一节节连上，从几十米的山势较高的地方把溪水导引过来。榨油时，先把晒干的油茶籽放到碾槽碾碎，再用草和模子制成一个个油饼，再整齐码放到榨机里，然后几名男劳力挥动大吊锤，一次次迅猛地撞击插板，将油挤榨出来，刚榨出来的茶籽油芳香扑鼻，格外清润。

在一次送公粮回村的路上，我向队长提出要去碾坊的要求，个子不高的队长脑袋摇得像拨浪鼓，连声说："不行不行！"

不过后来，队长还是答应了我进碾坊的请求。我到碾坊后，每天跟着师傅们学习榨油技术，开始打不起夯锤，急得不得了。夯锤是用绳子吊在房梁上的一个木质大吊锤，打不起夯锤就说明根本不适应在碾坊干活。于是我晨学夜练，对准靶点一次次撞锤，胳膊都红肿起来，好几天都端不得饭碗。功夫不负有心人，总算过了关。在碾坊，特别让人感到"幸福"的是每日三餐有了保证，盛一碗热腾腾的白饭，再淋一勺刚榨的温热菜油，吃得开心极了。没想到的是，由于吃油太多，拉的屎都是油渍渍的，严重消化不良，我不得不离开了碾坊。至今我的肠胃不好，是否是那时吃油过多落下的病根？

后来回乡，我见不到古朴的碾坊了。乡下碾米、榨油都已机械化，好些地方甚至不做这种简单的农产品加工了，吃的米和油都是从商店买的成品粮油。我感到一种失落。

前不久，我又回到乡下，看见又建起了碾坊，完全是按过去的样式复制的，还配上一些昔日农村的生产生活设施，是让城里人到农村休闲度假时，体验那具有原始韵味的生活。

然而，我还是深深地怀念那时的碾坊。

夯歌

一日，我独坐书斋，品读朱自清的散文《荷塘月色》，沉浸在先生笔下那隽永、清丽、秀美的世界中。这时，窗外飘来阵阵嘹亮、质朴的夯歌，那久违的旋律、熟悉的节奏和鲜活的气息将我的心神分散了，我搁下手中书卷，踱出门来，聆听古老而清亮的夯歌……

夯歌，就是打夯时唱的歌曲，大都是即兴编排事由，随兴而唱，主要是协调统一打夯节奏。可以说，夯歌是最早的民歌之一。

二十世纪七十年代中期，我去了农村，除了依季节做不同农活外，就是冬天去兴修水利。具体工程是在山谷深处修坝蓄水，几个公社的数十个大队生产队承担此项任务。修坝蓄水的工程量很大，以公社为单位修建。修坝是用钢筋水泥和砖石筑一堵十米左右宽的坝体，坝体内一层层用混凝土夯筑。因此，一个个平行的工程作业面上，夯筑队伍有十几支，每日的夯歌此起彼伏，不绝于耳。夯歌种类多种多样，旋律、节拍花样翻新，内容当然更不相同。夯歌中有男女声领唱、群声齐和的，有男女声对唱的，也有精彩的独唱，最受欢迎的是队与队之间、作业面之间的夯歌擂台赛。那些重新填词，模仿刘三姐所唱民歌的夯歌，因为谐谑，因为调情，尤为受民工们喜欢。打夯工地上，气氛热烈、欢乐，这是单调、枯燥的民工生活中最大的亮点。据说，还有几对青年男女因唱夯歌，后来喜结连理的。

联想当下有些歌曲的演唱，因为演唱者缺乏生活体验和情感基础，显得无病呻吟、矫揉造作，追求所谓技巧而疏于真情投入，甚或假唱、代唱，虚假苍白，更缺乏夯歌的自然、真情、原始与野性。

前不久，我们回到以前曾生活过的乡村，一群年届花甲，鬓染霜花的老人，还情不自禁地唱起了夯歌。我们泛舟水库，分乘两艘游船，不知是谁开的头，男生女生，拉起了当年修水库夯堤坝时唱起的夯歌。一首首久违的曲调，一句句熟悉的歌词，唤起我们无尽的思念。

我怀念夯歌，怀念真实而深沉的人生既往。

捕鱼乐

记忆又把我拉回到那个小山沟，那个难忘的湘西村落。

刚来几日，一切都觉得新鲜有味，天空是那么湛蓝，山地是那么岑寂，所闻所见，似乎处处都神奇。几天过去，艰苦的劳作，乏味的生活，加之粗粮冷菜，食不果腹，我们的生活热度一下子降到冰点，埋怨、不满的情绪如同山火噼噼啪啪地蔓延开来。

这时，我们开始寻找农村生活的乐子。

捕鱼，便是这样一个乐子。

这里，山塘像星星一样，遍布山山岭岭，每个村落、每处山洼随处可见。我们将修水库所剩的炸药、雷管带在身上，便到各个知青点去转悠，发现一眼山塘，就捡几块石头扔下去探鱼情，如石子下去有几尾鱼儿纵身腾跃，说明此塘鱼儿不少。于是，我们便立即实施捕鱼计划：把一瓶子炸药捆扎好插上雷管，扔进水里，人远远地跑开，脱了衣裤等候着。等震耳的爆炸声冲天而起后，我们便跳入山塘中。此时鱼塘水花飞溅，鱼儿飘飞。我们在水中忽左忽右，时上时下，捡拾着丰美的收获。抓到鱼后，我们会迅速离开，有时我们也会在附近的知青点生火烹饪，与他们一起分享我们的快乐。有一次，却出了乱子，那是在外公社的一个女知青点附近炸了鱼，想上知青点去煮了吃，她们却硬不让我们进厨房，反而报告了队上，村民们赶来时，我们只能落荒而逃。

水塘炸鱼没有延续多久，原因是公社和大队加强了修水利的炸药管理。没有了炸药，我们自然也收手了。炸鱼是图一时快乐，与己与民都是很危险的。

　　炸鱼虽然给我们带来了快乐，但那是一种畸形的快乐，现在回想，真还有些后怕。

古渡船

　　不知为什么，我总在梦中见到你——家乡的古渡船。

　　那时，渡船在湘西的大河小溪上，是常见的交通工具。那些散落于高山峻岭的村寨，大都是不通汽车的，村民们从山里走出去，都少不了过渡。他们背着背篓，盛满自产的土特产品，或行李衣物，都要坐在渡船里，在平静或湍急的溪水中摇晃一阵，去集镇交易，或走亲访友，或求学走向远方。

　　渡船主人大多上无片瓦，下无插针之地，膝下亦无儿无女，一年四季以船为家。不论风高浪险的涨水时节，还是滴水成冰的严寒天气，只要码头有人那么硬硬地吆喝一声，不要一袋烟功夫，渡船就会在咿咿呀呀的摇船声中来到你的身边，等你上了船，艄公便会默不作声地摇起船桨，平稳、安全地将你送到对岸。不管你是乡里乡亲，还是陌生路人，都不用掏银子作船资，也不用道谢说辛苦。这是人们坚守了上千年的民约，也是古朴的民俗风情。

　　我们家搬去的那个古镇，没有汽车更不通火车，唯一的交通方式便是步行。一家五口，有家什行李十几担，当地人在汽车站接上我们后，便组织挑夫挑到古渡口，一船一船运过去，然后一溜溜扁担悠扬挑进镇上的。

　　古镇一条锃亮的麻石街尽头，也有一泓深潭，每天有一两艘渡船泊在此处，渡船除摆渡载人外，还养了几只鸬鹚在水中刁鱼。船主把渡船停泊水潭深处，几只引颈张望的鸬鹚警觉地逡巡，发现目标后迅疾钻进水里，不一会儿又冒了出来，这时鸬鹚的长颈是鼓鼓的，它会邀功地飞到主人身旁，主人便从鸬鹚嘴上取出一条鱼来。渡船主人一边摆渡，一边捕鱼，两不耽误。

古渡船啊，是游子深深的记忆，是游子远征的信旗，是故乡召唤的风帆。一次次痛断柔肠的出走，一次次愁白少年头的回归，它默默地承载着他们的欢笑、他们的离愁，不惊不喜，淡定如飘浮的白云。

后来，现代文明的风轮碾碎了我心中的古老影像，乡里的村落都通了汽车或火车。记得那年铁路修到了古镇，轰隆隆的炸山声响震撼着山谷，每天工地开工后，就有一群村民聚集在渡口，看高大威猛的打桩机在溪水上打下一根根桥桩，他们表情肃穆，仿佛打桩机的每一下撞击，都撞在自己心里。他们不舍曾默默陪伴上千年的古渡口和古渡船消失隐迹……

古渡口已经留在了历史的褶皱中，每每想起故乡的那片土地，我都会想起古渡船，想起那咿咿呀呀的摇橹声……

吊脚楼

在湘西，吊脚楼是独具风情的景观。

最早认识吊脚楼，是在作家沈丛文的作品里。沈老用细腻而浪漫的笔调、质朴隽永的语言，描绘了一座座风格迥异、风姿动人的吊脚楼：有立于湍急江水之畔的，有建于巍峨大山之下的，有连体成片、熙熙攘攘的，有独立成栋、孑然独处的；间或也有开着木窗的，也有完全没有窗棂的；偶有苗女独倚窗口的，也有簇拥着一群姑娘身影的……真是多姿多彩，风情万种。我尤其记得翠翠的吊脚楼，它像一盏不曾熄灭的灯火，照亮我记忆的长廊……

后来，我在各种媒介上，看到过多种多样的吊脚楼，像贵州黔东南的、云南丽江的、湖北恩施的……令我神往不已。不仅是喜欢吊脚楼的形貌气质，更是对其蕴藉的文化内涵有着热情。因此，我爱上了深度旅游，常常深入那些吊脚楼密集的村庄、古镇和少数民族聚居地一探究竟。有关吊脚楼题材的艺术作品也让我着迷，如益阳籍画家赵溅球描绘的吊脚楼，错落有致地散布于资水沿岸，或引颈张望，或驻神沉思，或三五成群，或独自飘逸，在曲折连绵的资水河畔，就像一缕巫楚文化的梦魂。

喜欢吊脚楼文化，源自儿时生活的记忆。

早年，随父母到湘西，我在吊脚楼上度过了少年时光。记忆中的吊脚楼是倚江而立的，四根粗粗壮壮的颀长杉树从湍急的江水里伸出，如同四只结实有力的手臂把一间火柴盒似的小木屋举在空中。吊脚楼大都两三层，从地面要上吊脚楼去，需要踩响一溜溜用细木条钉成的楼梯，踏在上面不仅楼板会吱吱呀呀呻吟不止，而且整个吊脚楼都会悠悠晃动，像在空中荡秋千。

放学回来，与邻家幺妹上楼去，我便故意使劲把吊脚楼梯踩得摇摇晃晃，幺妹胆小，便紧紧地捏着我的手，使劲地求饶，要我别摇晃了。上楼后，我们使出吃奶的力气，推开木制窗户，再用一截短短的木棍斜斜地支撑着，立刻就有温煦的河风吹拂过来，我们便坐在窗下开始做作业……

溪水在脚下哗哗流淌，絮絮叨叨，时有山雨挤进窗户飘拂脸颊，凉爽爽的。此时，幺妹的奶奶会颠着那三寸金莲，或提来一壶粗茶叶子泡出的酽茶，或送来几个用褐色芭蕉叶裹着的粑粑，一个劲地对我们"吃呀，喝呀"地念叨。那苍老嘶哑的话语，那慈祥颤巍的身影，融进了从窗口射进的夕阳，周围一片温馨。

到底在吊脚楼上生活了多久，我家何时离开的湘西，我已经记不真切了。自从铁路修到镇上，幺妹奶奶的吊脚楼也在隆隆的筑路炮声中坍塌了。

小背篓

　　湘西著名歌唱家宋祖英一曲声情并茂的《小背篓》，响彻了大江南北、长城内外。而关于湘西小背篓，我的记忆是深刻的。还在宋祖英演唱小背篓之前，为参加单位会演，我们在排演的《情系大瑶山》歌剧中，曾创作过一首《小背篓》歌词，由詹智建谱曲配器后成为剧中的主题歌，一时间也在小范围内传唱。也许那时不谙包装，也许没有撩人情怀的艺术感染力，那首《小背篓》便夭折在摇篮之中。不过，我与小背篓的故事却是说不完的。

　　当年到湘西，生产队为我们准备的农具中，除了锄头、扁担、镰刀以外，还有几只小背篓。我看到这些用篾皮编织的涂有红白黑色泽图案的小背篓，甚是好奇生趣，便提起往身上背，可背篓那两根背带总也挂不上肩。后来，是农家大姐告诉了我背小背篓的方法，还有关于小背篓的用处。

　　背篓是当地人重要的生产、生活用具，特别是妇女和儿童，经常随身携带。背篓是用柔韧篾皮编织的，有圆桶形的、长条形的，还有腰鼓形的。形状千姿百态，大小各有差异。有的还绘上了各种各样的图画，如丹凤呈祥、梅含春色等。编织好以后，背篓要刷上铜油或清漆，既有光泽，又能耐磨耐用。

　　第一天上工，我和妈妈便混合在一群婆姨中，在开垦好的荒地上种黄豆。三人一组，前面一人倒着行走，用锄头在一垄垄匀净的旱地刨开一道道土坎，第二人拢着一袋黄豆籽播种，后面第三人则背着一只小背篓。背篓里盛着掺了肥料的土木灰，走一步要用肩臂斜拽一下，让背篓口偏向一旁，便用手抓上一把土木灰掩盖在土坎种子之上。我以为自己是大小伙子，便争着去掩土灰，几次下来就是干不好，落后好一大截。这种看似简单的农活，对于刚来农村的我，简直是莫名的深奥。特别是背背篓有学问，土木灰盛多了背不动，盛少了背篓在肩后来回窜动，忽左忽右的，而用肩臂拽动一下背篓，也要会用活力。力大了，整个背篓的土木灰会倾洒出来，力用小了，背篓不会动，如果用力太死，三二下臂膀就会勒起一道红印。为了学会背背篓，我下功夫练习。到溪河畔去濯衣，都坚持以背篓盛衣物。几天光景，就掌握了背背篓的各种要领。

在湘西时，我们家虽然有微薄的安家费用，但日子仍过得紧巴巴的。我们读书求学，仍常常利用假期到镇上做小工挣钱。在龙湾河镇，我用小背篓到基建工地去背运砖头，从料场到脚手架，每背一块砖 5 厘钱，我一次背四至五块砖，一次来返还不到一角钱。炎炎烈日下，背着小背篓，上下脚手架，汗流浃背。有一次下暴雨，妈妈劝我别去了，我不肯，往小背篓上连人一起罩上雨披，又去了工地。整天，雨水、汗水混流在一起，爬上爬下，很吃力。我鼓励自己一定要坚持，因为下学期的学费全靠这小背篓背出来呀！就这样，一天下来也能挣几元钱呢！我足足坚持了半个月。

现在，每每看到小背篓，我就感到亲切。

赵家垭

同学杨宪曾寄给我一套风景明信片，他知道我爱好集邮，是寄给我丰富藏品的。我仔细看了，是一套水库的风光照片，青山之间，一湖荡漾的春水，在阳光下波光粼粼，游船往返行驶，仁山乐水的游客开怀大笑……哦，这不是赵家垭吗？这不是我们曾经挥洒汗水修筑的赵家垭水库吗？我真不敢相信自己的眼睛，原先的荒山野岭，如今成了这么一片碧绿的湖泊。没想到几十年后是这样与它不期而遇了。

赵家垭是一个地名，因一座水库而名驰遐迩，也是我曾参与建设的一座普通水库。

那时到农村，干农活尽管很辛苦，但年轻，身强体壮，朝气蓬勃，是不怕吃苦受累的，怕的是一天劳累下来回到知青点，面对的是冷火冷灶，三餐饭吃不到嘴。我们去的地方是地区办的知青示范点，不像到县办区办的农林牧场，过集体生活。我们则是直接到生产队，与贫下中农一起插队落户的，县里专门修建了知青宿舍，每天与农民一起日出而作日落而归。但知青们需要自己解决一日三餐，这可是知青最大的难题。我们组是十个男知青，男孩子是不善于持家的，开始，每天两个人一组轮流做饭操持家务，后来是分开炉灶，再后来是各自起火单干，常常是饥一餐饱一顿地过。只要是能吃上大锅饭的农活，我们都踊跃参与，比如修水库这类集体劳动，更是争先恐后，趋之若鹜。于是我参加了赵家垭水库的建设。

赵家垭山势巍峨，崖壁陡峭。上级有关部门决定在这崇山峻岭的山洞筑坝蓄水，修建水库，建设一座备用的海军通信基地。一声令下，方圆几百里的几个公社便组织劳力，以部队营连建制，开拔赵家垭。一时之间，赵家垭的几座山峪坡地像雨后春笋般，长出了各式各样的工棚或简陋屋舍，彩带猎猎，红旗飘飘，宣传牌黑板报林立，广播喇叭仿佛十里一哨五里一岗，天刚拂晓，大喇叭就响彻云霄，直到深夜。这里好像搬来的一座城市，喧嚣声唤醒了沉睡的高山峡谷。

白天，这里是沸腾的海洋。整个工地依山就势分成几个作业面，一层层地垒筑起四五百米长的堤坝，每天夯歌此起彼伏。筑坝所需的钢筋、水泥、砖块、河沙，要从外面运进山坳，除了肩挑背扛外，放飞车也是运输手段。所谓的放飞车，是用湘西农村特有的独轮车，装上水泥砖块，驾车人就撑住两只把手，利用简易路上的陡坡，慢慢地滑下。下陡坡时，驾车人要用力吊着把手两脚落地，像刹车样摩擦地面，控制飞车速度。如果速度控制不好，转弯处人仰车翻是很危险的。这种活都是队上的壮劳力来做，也有几个知青试过，我却是不敢去冒险。

这种集体劳动不用为生活犯愁，一日三餐都是吃食堂，尽管吃得不好，却不用自己操心。当时我负责连部的宣传，除了自己写稿以外，还要组织其他知青写稿。于是，晚饭后工地上的知青都围着火塘交谈，谈人生，谈理想，也谈工地的见闻，这仿佛成了我们水库生活的一部分……

火塘边，是我与她相识、相恋后说话最多的地方，也是彼此诉说衷肠，吐露心迹的地方。知青们围坐在一起谈天说地，开心聊着当天工地上发生的一切。我和她分坐两边，好像互相不认识不熟悉的样子，彼此心在对方。夜深了，知青都陆续散去了，我俩还坐在那，舍不得离开。彼此开始说话，我说话时她低着头用火钳把一节节烧剩的柴头子码起来，慢慢地堆码着，不小心垮掉，又接着码起来，又垮掉了……火光映红了她的脸，很美很美。一时间只有我和她了，她同寝室的知青在大声呼喊，她仿佛没听见似的，继续着我们的交谈，不肯分开……

糍粑

如今糍粑已不是什么珍贵的食品，而我们在农村时，劳累辛苦一年也难以糊口，平日里，吃的都是些掺进许多野菜的糍粑。当时乡下劳作兴只吃两顿饭，我们上山打柴，也是带上几块糍粑，饿了就捡些柴棍子燃起火，把糍粑烤熟，就着山沟的泉水，吃得咂口咂嘴好有味。

结婚成家后，过春节去岳母家看望老人，岳母疼女婿，每天海吃海喝，离开时，什么腊肉腊鱼、糍粑豆皮等，把我们的大包小袋塞得满满的。岳母家的糍粑是用上等糯米做的，白白亮亮，滚圆滚圆的，每个糍粑还留有一个红色印记，吃起来细糯绵软。带回家，自己舍不得吃，成了馈赠亲友的礼物。

前不久，我又得到了来自湘西的糍粑，捧着那一袋子水淋淋的糍粑，好一阵噎咽无语……

初春时节，莺飞草长。我们一群三十年前从一条起跑线出发的中年人，又重回了湘西那个偏僻的小山村。这是一次心里情愫的释放，一次怀旧思乡的张扬。

那天，沿着那条不知在心中流淌过多少次的山溪溯流而上，我们一边浏览山村的变化，一边叙说着往事。在村口，突然有人拦住了去路，指着我们说：你们是当年的知青吧？我们一怔，很快认出他是我们在生产队时的梅队长。三十年不见，梅队长没显出老态，他一个个地喊出了我们的名字，惭愧地说当年他没有照顾好我们，让我们吃了许多的苦。他紧紧拉着我的手，诚恳地说，感谢我父亲当年为他的风湿腿病戈来云南白药，服药后几十年过去了，这条腿居然一直未痛过了。随后，我们一同来到我们当时的住处，当年的土坯房如今已破烂不堪，凄惨地趴在那儿，让人不忍久看。

分手的时候，梅队长让我等等。不一会，梅队长提来了一袋子水淋淋的糍粑，非要我带走，说给我父亲尝尝。我不禁泪涌眼眶，梅队长，我怎么能收下这如许深情呢？我那九泉之下的父亲，此时是否已感受到这份深情？糍粑是用粗粮做的，也许不太精细，却是那样厚实、香醇。

第三辑　亲情难忘

外婆的暮年

外婆离开我十分久远，久远了。

每当在野外旷地独自散步，外婆风烛残年时的影像，总是那么鲜活地浮现在我的脑海。

外婆甚是喜欢我，尤其在她暮年。这是亲人圈里人人都知晓的，而我是随着年龄增长才慢慢感知的，即使有了感知，但一时也弄不明白个中原委。后来，是小姨告诉了外婆特别怜爱我的一些原因。

外婆是位知书识礼的女人，贤惠、坚毅，嫁给了当时益阳一个书香旺族的长子为媳。外婆口中的外公风流倜傥，学富五车，较早就涉猎了尼采的哲学而成为尼采的信徒。他兴办教育，传播文化，在当时的知识界有一些名气，与益阳"三周"也有诸多交往。可惜他英年早逝，年过不惑就撒手西归了，留下外婆带着五个儿女，靠那点菲薄家产苦熬岁月。她拿出自己的浑身解数，含辛茹苦地拉扯大了儿女。

两个儿子聪颖过人，才情四溢，英俊伟岸。我从小是外婆一手带大的，性格、脾气甚至长相都与两位舅舅酷似，于是，暮年的外婆便把对儿子的爱，全部倾注到我的身上。

我的工作单位与外婆居住的城市，火车路程有两个小时，每逢节假日，我都要去小姨家，看望、陪伴外婆。外婆虽已届天命之年，身体仍很硬朗，生活起居全然自理，还帮助小姨带大了三个儿女。她一见到我就高兴得合不拢嘴，颠着一双小脚屋内屋外忙碌着，拿出她认为是最好的食物来招待我。有时摸摸索索拿出一包点心，分明已经变质发霉，我知道这是外婆平素舍不得吃，为我留着的。她还把我拉进她的睡房，用一双布满虬曲青筋的手缓缓抚摸着我的头发和脸颊，两只浑浊的眼睛痴痴地注视着我，看着看着眼里马上盈满了泪水。有些塌陷的嘴巴微微地蠕动，像在说什么，我却怎么也听不清。后来，我接到讣告：外婆撒手西归了。真是晴天霹雳。我连夜匆匆踏上南下的火车。

　　赶到外婆身边，她老已静静地躺在松柏花丛之中。身子还是那么瘦小，比活着时更显瘦弱，微陷的嘴角似乎还挂着一丝遗憾。显然，她是不忍离去的。小姨告诉我，外婆昨晚一夜未眠，曙光初现之时，她老就平静地睡去了，永远地睡去了！

　　此时，一股从未有过的痛楚悲伤从心底涌起，我只觉眼眶一涩，"哇"地一声，像一个大孩儿似的俯在外婆灵前，失声痛哭起来。事后，妈妈和小姨都说从未见谁这么伤心地哭过灵，一个外孙这么痛彻心扉地哭他的外婆，足见相互间的情感是多么真挚、深厚。

　　外婆的灵柩是在夜阴里埋入黄土的。我看见那方山土上，出现了一片微红的新月，像是外婆的莹莹泪光，遥遥地望向海外的远方……

父亲

父亲老了，人也消瘦了许多。

父亲的老迈不是近年的事，我却于近日里突然感到了父亲的老迈。

他老越来越少言寡语，有时一天乃至几天都说不上一句话。许是耳背的缘故，我们打电话回家，大都是妈妈接听，他自然与我们的沟通就少了。他亦借故越来越不参与我们兄弟和母亲的交谈，总是畏缩自卑地躲在一边，默默地抽烟，呆呆地出神，一双呆滞的眼睛仿佛蓄满了人生辛酸。然而，在我的记忆深处，父亲不是这般自卑畏缩的。

父亲对待生活责任意识极强。记得1961年过苦日子时，我们兄弟三人尚年幼，父亲怕我们吃不饱穿不暖，影响发育成长，白天紧张忙碌工作后，将晚上以及所有休闲时光利用起来，开垦荒地，种玉米、高粱和油菜。一年下来，玉米挂满房梁，油菜榨的油不仅自家吃不完，还有富余送人。每日里，父亲粗粮细做，屡换花样，硬是把我们兄弟三人喂养成医院有名的"小胖子"。

他经常对我们说，做人最大的依靠是自己，最大的敌人也是自己，要堂堂正正做人。

父亲老了，身体亦不如从前。去年，父亲检查出了喉癌，我们联系了医院，父亲却不愿去住院。他说，他曾得过肝腹水，医院判断只能活5年，如今还多活了20多年，够本了。他不把绝症放在心上，只是一个劲地要我们好生安慰安慰母亲。后来，好说歹说总算让父亲住进了肿瘤医院，他又坚持要一个人去放疗、取药、化验，忙上忙下，好像自己不是一个病人，而是一名陪护。他一再叮嘱我们，工作要紧，没时间不要请假，也不要影响孩子们的正常学习。每次我们到医院探望，他最放心不下的是母亲的情绪和健康。因为他清楚，万一他有闪失，深陷痛苦与失落的，是与他相濡以沫，患难与共五十多年的妻子。这就是我那蒙冤的父亲，身患重病，心却系在亲人身上。

有人说，一个人最大的幸福是给予，而不是占有。父亲就是这样的人。他是从事医务工作的国家工作人员，工资和治疗都有保障，住院后，他不愿给单位添麻烦，贵重的药他不让开，高级病房他不肯住，说节省一个算一个，还把自己的全部积蓄都拿出来放到医院。我们给他垫付的一笔笔开销，亲朋好友的每一笔赠予，他都一一记在随身携带的小本子上，并一再说，等大宗医疗费报销以后，我们垫付的钱，他会还给我们的。

父亲再一次战胜了病魔，再一次教育了我们应该怎样面对生活的打击和苦难。

父亲老了，但父亲的心未老，意志更坚。衷心希望父亲拥抱生活，学会保重自己，安度晚年。

娘亲舅大

民间有俗语：娘亲舅大，爹亲叔大。

父亲从小就过继给人家做养子，我们从小到大几乎没有与父辈这边的亲人走动联系过，从未感受过爷爷奶奶、叔叔伯伯们的血脉亲情，所以爹亲叔大，对我们来说几乎是不存在的。而娘亲舅大，则是我们切切实实感受到的亲情。

从记事起，我就从家里墙上挂着的照片中认识了穿着军装的舅舅、舅妈，那可是威风凛凛的帅哥美女。

在二十世纪八十年代，小舅积累了二十年的艺术储备，使其绘画创作出现井喷式的爆发，接二连三在全国各类美术展览中斩金获银，北京曾一度掀起"林一角"热潮。小舅创作的《御沟春》《黄鸟交交》《秋谷》《子夜吴歌》《苍穹》《春色沿溪渐入山》《山藤》《寒潭吟》《春暄》《高秋》等美术作品，成为美术界交口称赞的佳作，他也成为驰名中外的一代艺术大家，并奠定了他在中国美术界的重要地位。随后，他发起成立了中国工笔画协会，振兴中国当代工笔画艺术，为中国美术事业的发展做出了巨大贡献。

小舅是位心地善良、性格柔韧、触角敏感、乐于学习、勤奋刻苦的艺术家，他又重孝道，重亲情，为人谦和质朴，处事率性而为，了无世俗与城府。曾记得好几次陪他回故乡祭扫的情景，春寒料峭，细雨霏霏，年事已高的他，于祖父母坟墓前长跪不起，老泪纵横。孝道亲情尽在言行之中。在小舅的影响下，每年清明，我们三兄弟都要跋涉几十里去祭拜林家先人，特别是工作在益阳的弟弟，无论有车没车，风风雨雨，每年都要到林家祖坟祭扫。乡亲们都说：林家的祖坟，每年都是你们兄弟来祭祀啊，难得后辈这么有孝心！

记得我曾因渴望读书，冒昧地给舅舅写信，请他帮我推荐读物，并指点学习方法。那时他刚回北京不久，工作、创作异常忙碌，我想希望不大，也没有放在心上。可是过了段时间，他从北京给我寄来六七本文史哲书籍，并附了一封三页纸的来信，洋洋洒洒，数千话语，亲切地告诉我读书学习的具体方法，言辞恳切，方法切实而可行。当时他已是全国著名的书画大家，而我仅是个文学发烧友，他不辞周折地为我去书店选书寄书，谆谆教诲，缕缕亲情，尽在不言中。

几年以后，准备结婚，我在广州工作，爱人在湖南，当时流行旅行结婚，我们快三十岁的人了，还未去过北京，便大起胆子给小舅写信，也是出乎意料地受到他热诚的欢迎。到了北京后，才发现当时舅舅家的住房其实很紧张，四口人挤在解放军艺术学院的两间小筒子楼里，开火做饭在楼道上，两个表妹每天要读书上学。为了给我们腾房子，小舅每天穿梭于偌大的北京城东西之间，奔波劳累。他不仅对亲人如此，对他的学生甚至陌生人，只要有求于他，也必定是满腔热情地帮忙。有时这种善良成为他的软肋，被别人利用，他却大度地哈哈一笑了之。

人说外甥像舅，在舅舅的几个外甥中我特别像他，甚至连声音、神情，包括走路的姿态。他女儿说，有几次听到我在楼道里讲话，还以为是他父亲来了，仿佛克隆一般。我一直以小舅为榜样，总想跟他学习些什么。但这些年阴差阳错，我又没有从事文艺工作，也没有时间去他身边跟班学习。长期以来，我始终存留着一种对文艺的向往，如一盏不灭的心灯，照亮我的人生之路。

吾兄

吾兄只年长我一岁，对我却有如父般的关爱。

我们兄弟都是外婆带大的，在几个外孙中，她偏爱于我，原因是我像舅舅。所以，我和哥哥玩耍时闯的祸，她都一味地把责任加在哥哥身上，少不了对他的一番数落和呵斥。在爸爸妈妈那儿，也是指责哥哥的多。哥哥不知是善良还是谦让，反正都默默地承受着，从无半点怨言。因为外婆的偏爱，他遭受了许多委屈。

少时的哥哥是个文学发烧友，喜欢读古今中外的文学著作，每当在他看书时，我就在一旁捣乱，大声喧哗，装神弄鬼，或喊他干这干那，总之让他不能安心读书，因为他专心读书了，就没人陪我玩耍了。记得有几次，为了阻止他读书，我趁他上厕所时，将他正阅读的书籍丢在蚊帐顶上，让他四处翻箱倒柜寻找。明知是我干的，却苦于找不到证据，我又死不承认，他每次脸都憋得通红，拿我没办法，却从来没有对我动过手或高声责骂过。从那时起，我就感知到老兄的善良与隐忍，是个真君子！有时，我也偷偷地把他看的书拿过来，躲在别处好奇地阅读。我现在喜欢舞文弄墨，偶尔发表些文艺作品，应该都是受哥哥的影响。

到湘西农村后，小小年纪的我俩，承担起家里的农活，哥哥也少不了对我的关心照顾。那时农村没有煤没有电，每周末都要去打柴，准备一个星期家里烧火做饭的柴火。为了拾到质量好点的柴火，我们要走很远很远的路，爬很高很陡的山，山路险峻，藤条荆棘左右缠绕。有一次，我们爬上一座陡峭的山，为了抢到好的柴火，大家争先恐后，哥哥和小伙伴很快就消失在丛林深处。我却被一丛丛荆棘藤蔓包围住了，左砍右斫就是出不来，我大声哭喊着哥哥帮忙。哥哥听到喊声，跑过来拿着镰刀左砍右劈，好不容易把我拉扯出来。砍好的干柴要凑足四小股合捆成一担，我做事慢，每次我的柴担都打不满，于是哥哥完成他的柴担后，还要赶过来帮我打一小股柴火，并帮我捆扎纤好。两担柴火重的总是哥哥挑，我都是挑轻些的。有时我想，年长一岁的哥哥，为啥总比我能干？比我能吃苦？其实后来我才知道，那是做哥哥的一份责任与担当。

哥哥比我读书多，特别是在文学方面有天赋，内心细腻敏锐，多愁善感，观察细致，写作能力强，应该有更大的作为与发展。读高中时，他参加学校组织的课外文学活动，创作了一部二十多万字的儿童文学作品，送到少儿出版社通过一审了，却不知什么原因最终未能付梓。倘若这部小说能出版发行，在少年作家的光环下，哥哥一定会有更大的发展。后来，他参加恢复高考后第一次高考，也因出色的作文成绩险些被破格录取，如果被录取了，他的作为又可能是另外一番景象。命运仿佛总喜欢与哥哥开玩笑，许多的"如果""可能"都与他擦肩而过。

这些年来，哥哥内心淡泊，性情随缘，结婚生子，工作养家，其乐融融。一晃几十年过去，昔日的少年兄弟都已年过花甲。每至夜深人静，朗月临空之时，我总会想起人生过往，想起我那温情如父，情同手足的兄长。

岚姐

　　妈妈是英雄母亲，连续三胎都是男孩，然而这于我，兄弟中最纤弱的却未免感到有些缺憾：没有姐姐。这时，岚姐姗姗地走进了我的生活。虽只是短暂的日子，而烙在我记忆深处的那份温馨、那绺情谊，令我难以忘怀。

　　一个风雨阴晦的冬日，我们家从城市医院迁徙到湘西一个僻远的小镇卫生所，在那里我结识了岚姐。

　　那天，载着我们一家的汽车碾过卵石铺成的山路，停靠在两栋没有院墙的低矮平房前。车刚停稳，我便从灰黄色帆布的车棚里伸出头来，用胆怯的眼光打量着周围的一切：这个权当卫生所的地方，只有两栋乡村常见的土坯垒筑的灰褐色平房，没有医院的庄重气氛，也见不着洁白温馨的病房。疑惑之际，一个十四岁左右，身着红灯芯绒衣裤的小姐姐向我走来，头上颤颤悠悠翘着的两条小羊角辫吸引着我的目光。她走到我的身前，亲昵地启齿一笑，露出一排白玉般的牙齿。

　　"叫我岚姐吧，山岚的岚。我是前几天搬来的。"当所有家具行李搬进房里后，她走到我的身旁，很友好地与我相识。

　　"呵！岚姐！"我念着她的名字，觉得十分亲切，从此，我们便成了没有血缘关系的姐弟。

　　尔后，我渐渐知道了，岚姐他们一家是从地区的一所卫生学校来的。据说，岚姐的父母是该地区的医学权威，桃李满天下。岚姐的妈妈还是知名度很高的妇产科教授。

当我感到孤独时，岚姐便轻盈地走近我身边，"强强！岚姐陪你玩，好吗？"她的话那么温柔清脆，如一泓山泉注入心田，让我觉得这个山村的冬天好温暖，初来乍到的惶恐不安很快就被驱散了。

从那以后，我每天尾随岚姐一块儿上学，一块儿回家，看电影，演节目，逛小镇，我仿佛成了岚姐的影子。

一晃几年光景过去了，岚姐已出落成大姑娘了，我亦成了大小伙子。

有次放学，岚姐对我说："强强，今天你独自回家吧，我们高中班要开班会。"我只好一个人回家，走过学校大操坪时，我瞥见篮球场上哥哥他们班与岚姐弟弟班的篮球赛正在热烈进行，你追我赶，队员威风十足，拼抢激烈，我羡慕极了，体内陡然奔涌起雄性的血液……

后来的一天黄昏，血色的夕阳渐渐淡了，暮色正冉冉升起，包裹了田野，我独自一人散步在灰灰蒙蒙田野上，心绪也是灰蒙蒙的。

忽然，我瞅见在暮色中，堤上有两个并肩行走的剪影，长长地叠印在邻近的水畦上。借着微微天光，我看清了那是一对情人，女的背影酷似我的岚姐。"对，是岚姐，是我朝夕相处无比厮熟的岚姐！"那男的是谁？是她的同学，她的相好，她的男友……

岚姐已经不小了，她该拥有自己的生活。为了我，她付出得太多太多。这些年来，她是在用一个少女的花样年华酿造我的欢喜、愉悦与尊严。随之懊恼、自责、悔恨纷纷涌上心头，我太自私、太傻了，这些年没完没了地占据了岚姐多少宝贵的时间，也许，她是不忍让我孤独，而牺牲自己的许多欢乐的……

我不敢往前走了，害怕因为我的冒失打搅了岚姐，于是我停下脚步，迅疾来了一个大转弯，向着与岚姐相反的方向跑去——虽然这么走去，要绕一段很长很长的路才能回家，但我愿意……

从这以后，每天岚姐来邀我上学，约我游戏，都被我借故回避了。每每看见她被我拒绝，失望地走开，我心里都有种掏心裂肺似的痛苦，但我咬紧双唇，努力地克制自己。

不久，岚姐她们家回到了原籍，我们家也离开了那个僻远小镇。尽管时光匆匆，我相继读完高中，去了农村，来到了铁路上，但无论我浪迹何处，蛰居何方，只要一回忆往事，岚姐就会那么鲜活地凸现在眼前。

岚姐，你现在肯定已是为人妻为人母了吧？郎君是那位长堤散步人，还是其他英俊后生？你现在或许继承了父母的志向，正站在讲台前授课施教，或者在从事其他工作，但无论你在哪里，生活得怎样，你挚爱着的强强，时刻在为你真诚地祝福！

故乡情缘

仲春二月，江南大地还笼罩在薄雾细雨中，我国著名书画家、诗人林凡不顾料峭春寒，霏霏冷雨，迢迢千里，悄然抵达故乡益阳。来不及拂去裤管上的尘土，洗去脸上的倦容，便登上了耸立在资水河畔的白鹿寺，查看刚刚落成的"林凡齐己诗书碑林"。

林凡少小离家，在外为艺术打拼，先后在广州、北京、山西等地从事艺术工作，无论他身处何地，遭遇怎样，炽烈的家乡情怀未曾一时半刻冷却过，几十年乡音未改，数十载思念家乡，尽管异常忙碌，但他还是眷恋着故土，倾情桑梓。早些年，益阳数度举办竹文化艺术节，他躬身前往，为家乡的发展摇旗呐喊，以壮声威。他积极参与益阳竹文化节，挑灯夜战，苦熬晨昏，自撰自书五十余副以益阳的风土民情为题材的咏竹咏物对联，在竹文化节上展出、拍卖，获得出人意料的成功，他把拍卖所得的数十万元，悉数捐给家乡，发起成立了益阳第一个旨在奖掖寒门学子的教育基金。

林凡在治学治艺中，发现唐代诗僧齐己也是益阳人。齐己的诗歌数量在唐代诗人中位居第五位，其艺术价值却一直得不到彰扬和应有的肯定。于是他便与周艾若（周扬的大儿子）教授一起大力推介齐己，为益阳打造独特的文化名牌。他们发起成立了齐己诗歌研讨会，并由整理齐己诗歌进而发展到全面研究僧诗文化和历史。他和艾若诸先生一起主编出版了《中国历代僧诗全集》，计 2800 万字，煌煌六十巨册，是我国目前最庞大的诗歌总集，堪称宏伟的民间文化艺术工程。

这以后，乡情浓郁的林凡先生想为故乡做点名垂青史的事情，以此宣传益阳，弘扬湖湘文化。他决定在家乡建造齐己诗碑林。回到北京他便开始了秉夜苦战，将收集的齐己诗，创作了100多幅书法作品；为了刻成高雅古朴的诗碑作品，他自筹资金，聘请家乡的有识之士，共同完成。

齐己诗碑林，建在白鹿寺走廊内，八十多块石碑呈一字形排开，大小不一，横幅立轴错落有致，显得恢宏大气。林凡书齐己诗，感情真挚充沛，文彩焕然明亮，整体效果甚佳。观每幅诗碑，铁画银钩，跌宕多姿，都是佳构瑰作。每一块石碑都讲究布局谋篇，疏朗有致。林凡的书法，文化气息浓郁，笔墨功底深厚，线条遒劲拙涩，结体奇诡朴茂，墨色浓淡相宜，枯润有度。他喜欢高位拿笔，大抵腕力大于指力，中锋使转，线条流畅，柔细中生出厚重，恢弘处见着蕴秀。他转益多师，善于取法，成就一己之风神，誉满书坛。

林凡的家乡情怀，还体现在对益阳籍文化艺术人才的提携上。几十年在艺术之路的奋斗拼搏，使林老领悟到一个人的成长如同一株树苗的长成，不但需要阳光雨露的滋养，更需要有识之士的提携引导。未君是林凡十分赏识并广为举荐的一位年轻乡贤，他诗、书、画俱佳，年纪不大而擅长多项艺术，上过大学讲台，编过杂志，搞过艺术设计。他为人低调，谦虚好学，求知欲望强烈，林凡先生举荐他为中国工笔画学会会刊《丹青报》主编，中国工笔画学会常务理事，并撰文品评其为人与艺术。现任益阳市书协主席石印文，出身农家寒门，林凡几次回访故园，相识相知后多次在各种场合，良言夸赞，说一个只念过初中的农家子弟，对中国传统文化如此热爱，研究钻习，并取得了诗词联赋和书法的骄人的成绩，实为罕见，人才难得。益阳籍的书画家盛景华、邓立辉、黄炯青、蒋少鹏、史一墨等，都得到过林老不同程度的教诲与指导。

林凡的家乡情怀，还表现在他对家乡的风土人情、饮食习惯情有独钟。他喜欢益阳的花鼓戏，每每被逼上台唱歌，花鼓戏是其必选曲目；家乡的腊鱼腊肉、腌菜豆角，也是他的最爱。有一次，他在北京的西郊吃到了一种湖南口味的酸辣粉，立马打电话给他的几位居住北京的湖南籍学生，让他们赶紧来，学生们不知老师有何吩咐，纷纷打的士前往，原来是喊他们去唆一碗湖南米粉。

此时，霏霏细雨，白发盈巅的林凡先生，指着一块块诗碑，向陪同观看的市政协、市宗教局领导吟咏齐己诗作，诠释着自己对故土乡情的炽热情怀……

堂兄

　　堂兄走了，走得凄楚，走得让亲人朋友痛心揪肺。

　　因为他刚届花甲之年，平素无病无恙，健康硕壮，却猝不及防地突然走了，他罹病发现时就是胃癌晚期，已无药可施无术可治了。

　　尽管他走了一段时间了，我却还没有从悲痛中走出来，觉得他还活着……

　　堂兄是叔叔家的长男，是个厚道仁泽，心地善良，乐善好施的男子汉。中学毕业后，因为他品行端正，被聘为大队的赤脚医生。他勤奋努力地学习医药知识，以仁德之心，以精湛之术，以宽厚情怀为乡亲治病疗伤。数年之后，岳父从银行职员的位置退休，按当时的政策可安排子女亲戚顶岗，端个"铁饭碗"。岳父的独生女儿，已在铁路上班，于是就让堂兄顶替岳父到银行工作了。但自那时起，堂兄秉着良心，负起了入继嗣职的责任。他和亲睦友，赡养老人，在老人垂暮之年，岳母去世后，女儿一家又在外地工作，堂兄一家就一直与岳父生活在一起，照顾老人的一日三餐，缝补浆洗。老人生活讲究，偶尔提出过分要求，或无端埋怨，堂兄从不计较，总是尽一切可能做到尽善尽美，让老人过得富足满意。岳父在堂兄家生活六年，工资卡及钱物都是交堂兄管理的，一般情况下他不动用，尽到了一个儿子的孝廉。过年过节家里来客，费用增加，当我们主动要他动用老人的工资时，他都憨憨一笑，嘴上答应，实际上还是一如既往地用自己的钱来补贴。这是一般人很难做到的，抑或自己的亲儿子也恐怕做不到。

堂兄乐于助人，有责任心，有担当精神。他在叔叔家排行老二，上面是个姐姐，下面还有四个弟妹。他进城上班后，父母这边的照顾赡养，没有丁点儿的懈怠，家里的大事小事依然是他操劳。过年过节时，他都会备好酒菜，请父母和兄弟姐妹来家团聚；父母亲过生日，或遇大事，不用通知邀请，姊妹们都会聚到哥哥家里。四乡八邻都十分羡慕黄家亲情浓厚，和睦团结。

堂兄于家于亲人是如此，在乡邻屋场里也是重情重义。家家户户，有什么事情都习惯了与他交流商量，听听他的意见建议，每有红白事都请堂兄出面主持操办，每次都办得妥帖周全，热闹体面，花钱不多，礼仪到堂，主客家都很满意。

堂兄突患重症，一下子把全家人都吓坏了，一时不知所措。当过赤脚医生的他，凭借昔时学习的医学知识，清楚病情的厉害程度，但他懂得自己的心态情绪如何，关乎治疗，关乎家庭的稳定，他就装着不知情的样子，不给家人增加心理负担和压力。从省城医院确诊回来后，他上午在医院吊瓶化疗，下午就回到家中，像往常一样去菜园做事，一年多的时间里，各季蔬菜的播种、施肥，都不曾耽误时令。他的乐观，他的坚强，他的隐忍，给了家人们莫大的安慰。而看着堂兄一天天消瘦憔悴，瞅着他一头乌黑茂密的头发稀疏脱落，全家人揪心伤痛，暗自落泪。

愈是进入病情晚期，堂兄愈是坚忍、坚强，他不舍抛下青梅竹马、情投意合、患难与共的妻子，不忍撇下一双年幼可爱的孙子。对家庭深沉的爱，对生命强烈的渴望，使他勇敢地与病魔斗争，尝试了各种治疗手段和各种药品治疗，每天往返于求医问药，艰辛而痛苦的路途上。

然而，堂兄还是匆匆地走了，走得那么匆遽，走得那么悲伤……

幺妹

我想，幺妹一定出落得亭亭玉立、楚楚动人了。

幺妹并非我的胞妹。说不清的缘由，近日里，我尘封的记忆里，总是浮现她清丽秀美的倩影。

认识幺妹是在那浮云飘荡的年月，我们一家像鸟羽般从城市飘落到湘西一个名叫溪口的偏远小镇。在小镇卫生所里，幺妹是我的邻居和玩伴。那时她很小，年仅七八岁，一个纯朴勤劳的农村女孩，长得单单瘦瘦，清清纯纯，一张小嘴却格外甜腻，正如她的乳名幺妹一样，给人一种清丽甜美的感觉。年长五六岁的我，每天于上学前放学后路经她家门前，被她那么甜津津纯真真地唤上一声"哥哥"，仿佛那天的太阳都是清新明亮的，周身舒畅，心情格外的好。许是因为孤单寂寞，很快，我们成了形影相随的兄妹。每天都要挤出许多时间与幺妹一起嬉戏玩耍，营造我们少年时代的芬芳与欢乐。

一个皎洁的月夜，大地沉浸在乳汁般的月色里，耐不住寂寞的我，早已不想听外婆"狼来了，狼来了"的故事，携上幺妹和两三个同学去逮萤火虫。盛夏的田野上，一只只提着灯笼的萤火虫，来往穿梭上下巡游，在月光下拽出一条条忽明忽暗的光影经络。我暗暗地想，不逮着几只萤火虫，今晚就不回家。我和同学们忽上坡忽下野，在月光下的田野间穿行。这可苦了幺妹，她也想多捉几只萤火虫，但年幼胆小跑不快，一会儿就找不见了我们的踪影，找不见哥哥的幺妹竟号啕大哭起来。我便趋回去安抚幺妹，告诫她紧紧跟着我。不一会儿，她又走失了，她稚嫩的哭声呼天抢地，这可把我吓坏了，急忙去找幺妹，原来幺妹整个身子扑在白晃晃的水田里。我急忙将她拽起来搂在怀里，一边安抚她不要怕，一边腆着笑脸说："是哥哥不好，是哥哥贪玩。"慢慢地，幺妹颤抖的身体平静下来。

不久，我们中学同学上了茅坡农场去学农。在距小镇几十里路的海拔两千多米的高寒山区，开荒种地，喂猪养牛，辛劳了半个多月。当我拖着疲惫的身体急切切地回到小镇家中时，"哥哥！你到哪里去了？这几天我天天在这里等你！"靠在一旁的幺妹冷不丁这么一说，困顿与倦怠立即烟消云散了。幺妹凑到我跟前娇滴滴地告诉我，这些天她天天都在责怪自己不该生哥哥的气，天天都守望在这里，等着向我解释。呵！多么纯真的幺妹，多么可人的真情。幺妹！哥哥怎会生你的气呢，哥哥早就原谅你了！

命运之舟载着我在湘西那片青山秀水间颠簸辗转，但无论是到县城念高中，还是下乡务农，每次回家，一个重要而不可割舍的节目便是去探望幺妹，陪着幺妹待上一段时光。此时的幺妹已满身少女的羞涩，不再像儿时一见面，就趴在我身上逗乐玩耍，但那一声甜腻腻的"哥哥"，仍让我感到通体舒坦。

后来，我参加工作离开了湘西，天南海北地闯荡奔忙。但无论走到哪里，总常常惦记起她：我那甜甜的纯真的幺妹。故乡偶有乡亲下榻我处，闲聊之中，我也打听幺妹的踪迹：幺妹遇上了国家改革开放的好时光，1980年考上沿海城市的一所著名学府，就读国际贸易。大学毕业分配时，她本可以分配到深圳、上海等大城市，纯真的幺妹却牵挂着故乡的山山水水，忘怀不了那些在温饱线上挣扎、还不能读书上学的山区孩子们。于是，她毅然婉拒了校方的分配，回到了那块生她养她的土地，在我曾经就读的镇中学当了一名英语老师。期间，幺妹又有几次弃教从商从政的机会，然而，执着而痴情的幺妹拒绝了诱惑，依然痴痴地坚守在明净的讲台前，像一支燃烧着的蜡烛，燃烧自己，照亮他人，培育芳菲桃李。

岁月无痕，而人入中年，却总割舍不了对幺妹的怀想与牵挂。每当此时，我都会情不自禁地唱起《只要你过得比我好》这首歌，以示我诚挚的祝福……

石叔

不知为什么，近些日子老想起石叔，想起他慈祥的笑容，想起他那睿智的话语，想起他那瘦削的身形。

石叔是我们家的邻居，一个和蔼可亲的瘦高个老头。他何时搬来与我们做邻居的，已记不得了。至于当时他的身份、职业也不清楚，这些都于我不太重要，重要的是他在我人生成长路上，像一缕阳光，给了我自信，给了我温暖。

石叔喜欢我，爱护我，这是大家都知道的。每当在我情绪波动时，他就会出现在我身边，嘘寒问暖，关怀备至，连他的儿子都有些嫉妒。

石叔走进我的生活是在二十世纪七十年代初，十七八岁的我，正处于所谓的青春叛逆期。那时，我正读中学，马上要毕业走向社会，青春的冲动，对未来的憧憬与惶惑，使我与众不同，学习不甚用心，有些调皮，学着社会上的一些青年，蓄长头发，穿喇叭裤，着花衬衫。父母见了我，不是吹胡子瞪眼睛，就是又打又骂，周围邻居也不时投来鄙夷的眼神。而石叔不一样，既不责骂，也不厌弃我，总是微笑着来到我身边，以宽容的态度，给我分析社会上的这些怪相，告诉我如何识别善恶美丑。那段时间，我着奇装异服和伙伴们三五成群，在大街小巷闲逛，石叔撞见了，也不当面训斥，给我难堪。我感到了他的善良和厚道。

不久，我去了农村，在县城的父母们不时听到我们在乡下偷鸡摸狗的丑闻，担惊受怕，忧心如焚。我每次回城，碰见石叔，他也会问问我们在乡下的所作所为，听我诉说乡下生活的艰辛和种种不如意。这时，石叔总是微笑着耐心倾听，然后进行引导。我听得最多的，是石叔对我的肯定与褒奖，总说"你能行的，困难是暂时的，你一定会有作为的"。这些话语，像严冬的炉火、初春的阳光，让我感到温暖，感到自信。我参加工作后，事业上一路顺风顺水，负责着一家铁路单位的工作，且小有成就，想来，这应该源自石叔给予我的那份自信与从容。

　　如今，石叔已作古多年，我还未及到他的坟前吊唁，谨以这些文字表达我的谢忱和深深的怀念。

吾师

　　隔绝了 30 多年音信的老师，突然有了电话联络。当通话后放下话筒，那些年前的生活片段，便续成一部"青春回忆"电影，一幕一幕地展现在眼前……

　　老师这次来电，是求助于在铁路工作的学生买卧铺票的。老师在电话里说：老师们一辈子教书很少有闲暇的时候，这次学校同意他们在春节期间外出旅游一趟。他们畏难车票难买，后来几经打听到我在铁路工作，于是撑着这张老脸，求我帮帮忙。尽管那些年春运繁忙，买几张卧铺票于我也是千难万难；尽管我可以找些理由推托了事，可不知为啥，当从话筒里听到老师那熟悉的声音，我就打定主意，无论多么不容易，老师这个忙我是要帮的。

　　30 多年前，我们家迁徙到湘西边陲，小小年纪的我就品尝到了人世的冷暖。但在这所区办中学里，这位老师没有另眼看我。老师也是离乡沦落人，师生俩一见面，便有相见恨晚的感觉。老师是长沙人，湖南师大毕业的高材生，人长得白皙英俊，高挑身材，不仅专业课上得好，文艺、体育也拿得起放得下。他年纪轻轻只身来到这片穷山瘦水、少数民族混居的蛮荒山区，本身就含着几许苍凉。老师见我从城市随家庭而来，情绪低落，十分理解与同情。他常常对我说，一个人的命运不由人，但人的造化靠自己，终其毕生努力，定能有用于社会。在学校里，老师待我如亲人，从学习、生活、智力开发等方面竭尽全力地给予关心、指导。他让我"粉墨登场"参加各类文艺演出，让我驰骋球场争雄夺冠，他让我当裁判，独当一面负责组织课余时间班级间的篮球比赛，让我的才情和特长得到充分展示，使我成为学校文体活动的积极分子，找回了失落的自尊与自信。

时光匆匆，岁月易逝，我们师生二人都先后离开了那所中学。我高中毕业后到农村，然后招工到了铁路上，老师也因落实知识分子政策，荣调大学从教。时空相隔，联系不多，更无见面的机会，但彼此心中都记着对方，想念着对方。

老师需要的 8 张卧铺票，我费了不少周折买到手了。一行霜染两鬓、背脊佝偻的师长们来到我所在城市取票，并踏上旅游路途，我去车站为他们送行。那天，冬阳和煦，温暖如春，火车站台上人流如织，熙熙攘攘。隔着百十米远的距离，我就在人群中看到了老师的身影，还是高挑的身材，还是白皙的皮肤，身形有些佝偻，却不掩潇洒从容，玳瑁眼镜下，露着浅浅的微笑。我忙迎上前去，两双久违的手紧紧地握在一起，久久不舍分开，良久，说不出话来。我庆幸的是，老师未老，潇洒依然。老师把我向同行的老师们介绍，这时，他竟拿出两条香烟，执意要我收下，说这是时下规矩，如他不谙这"世事"，会让人笑话的。我泪盈眼眶，老师呵，老师！您让我怎么说您呢？烟我是断然不会收的，老师的心意我能够理解，却是自古道：为人师长不可流俗。然而，望着老师镜片后的真诚，我能责怪他吗？

列车载着我久别多年的恩师走了。望着远行的列车，我在心里说：老师，您关于"人，一辈子可以不做官，但一定要做人"的教诲，是我修身的法宝，让我享用不尽呢！

陪妻逛街

陪妻逛街，是我双休日必须完成的愉悦与惬意的事。

择一春日朗朗、和风习习的双休日，卸下心中的繁杂，陪着妻子自由自在地逛商场，进书店，到菜市，观色彩缤纷的时装，看绿意盈盈的蔬菜，心中盈满由衷的快乐。

我们是双职工，平常各自上班忙碌，遇到周末不是要加班就是要值班，有时还有各种社会应酬活动，陪妻子逛街的机会不是很多。说实在话，安排生活，照顾儿子，烹菜做饭这些事，基本上是妻子一个人操劳的。我嘴上不说恭维话，维持着男子汉的虚荣心，可我心里很是感谢老婆。愧疚之余，常想如何补偿她，想来想去，觉得多抽时间陪她逛逛街，是个好办法。

陪妻逛街，不仅需要精力，还要有耐心。女人一上街，最喜好的是逛商店试服装，而街上的商铺一家挨着一家，如每个店铺都去试衣服，那可不是一时半会的事，考验着丈夫的耐心。时间长了，难免感到枯燥、无聊，而此时，妻子兴致正高涨，你可千万发不得牢骚，说不得无趣，而要调整心态与情绪，打起十二分精神尾随其后，陪侍左右，不时还得参与品评，并适时掏出钱包，这才算得上称职的丈夫。妻子挑选服装，比较迷信我的审美眼光，几乎每一次选购都要我认可后才能成交，这对我也是莫大信任，这样，我更要满腔热忱地陪伴，说出自己的看法和建议。记得在株洲上班时，单位隔壁是一个超大型的服装市场，每次听说市场来了新货，如广货啊，汉版啊，韩服啊，妻子都要约上我去逛逛。

我当然不能推脱，就硬着头皮打起精神去陪她。这可苦了我，超市超大，划分为若干个区域，每一个区域走一趟至少要 40 分钟，还不说试衣和排队付款的时间。但我不能中途开溜，咬牙陪着，有几个区域我都推说上厕所在门口等她。

其实，陪妻子上街是夫妻间交流、沟通、融洽感情的好途径，基于切身感受，我劝大男人们亦不妨操练操练陪妻逛街的功夫，那将会受益不浅，收获多多。

那帧发黄的剧照

仲夏的一天，我回到日夜梦萦魂牵的故乡，参加母校八十五周年校庆盛典。

夕阳血染时分，庆典在一阵阵噼里叭啦的鞭炮声中款款落下了紫红色的巨幅帷幕，一群群或鬓发霜染、步履稳健，或稚气初逗、风华正茂的校友同窗，摩肩接踵、谈笑风生地涌出校门。我站在人流旁边正在等人，引颈翘望之时，一个身材颀长，气韵生动，着褚红色长风衣，发髻高绾的熟悉身影进入眼帘，未等我追寻记忆，她晃了几晃，似一尾美人鱼很快消失人流中。

是谁呢？好面熟啊，我在记忆的长河里搜寻——几帧发黄的剧照在我脑海里出现，愈见清晰——呵，是她，我久违了的舅妈！

在我刚刚记事的年月，在我家花团锦簇般的影集镜框里，镶嵌着一张张或着戎装或穿戏服，气度不凡，脸模俊秀的剧照，那弯弯的娥眉，挺秀的鼻翼，圆润红扑的脸蛋，那绽开的笑涡像灿烂春花，吸引了童年的目光。

当我凝视照片时，妈妈总会自豪地告诉我："这是你北京的舅妈，中央民族歌舞剧院的一级演员。她能歌善舞，聪颖过人，这些剧照是她随团出访东南亚时拍下的。"起初，我不懂得中央民族歌舞剧院为何方"神圣"，后来我才知晓了它的不同凡响。舅妈曾是八千湘女去新疆的女战士之一，在新疆她刻苦学习少数民族舞蹈，特别是新疆维吾尔族舞蹈，因为舞蹈艺术优秀成为中央民族歌舞剧院独舞演员。每每有同学来家里，我都会捧出这些剧照让他们观赏，讲舅妈的故事给他们叫，让他们啧啧不已，而此刻写在我脸上的矜持和骄傲是那样彰显。

好多年过去，她风采依然。这次以一名普通校友的身份从北京千里迢迢而来，参加校庆，她带来了自己一颗热爱故乡，感恩母校的赤子之心，还带来了《中国民族舞蹈研究》《少数民族舞蹈研究》两部著作。

在校友成就展览室里，凝视着舅妈装潢精湛的著作，眼前是一片灿烂光亮。

陪爸爸回家

　　父亲是南下干部，但他很少回家，回北方的老家。

　　父亲早年随部队南下在湖南成了家，工作繁忙，天遥地远，父亲就很少回家。因为回家少与父母亲那边联系就不多，养父母逝世他未得到通知，没有回去尽孝，落得个不孝的声名。父亲为此忧郁落寞，沉默不语，闷闷不乐。他不回老家，让我们兄弟三个从小就缺失爷爷奶奶的爱。长期以来，我们没有见过爷爷奶奶，不知他们长什么样，是慈祥可亲还是严厉冷漠？是否像电影电视中那些个佝偻身子，穿着臃肿棉衣棉裤，裹着裤腿，叼根旱烟袋的北方老头老太太？

　　对于我们的成长，外婆是个至关重要的人物。我们出生以后，就一直与外婆生活在一起，她陪着我们从牙牙学语到蹒跚学步，从入校读书到长成小男子汉，外婆厥功至伟。她单薄瘦小，精干睿智，性格倔强，不仅从物质生活上哺育我们，更从精神气质上施加影响进行打造，所以三个崔家儿孙都承接了林家风范。

　　父亲南下后，北方家里的事他没有尽到义务与孝道，他落得个不孝的名声让他叫屈不已。当时正值三年困难时期，一家六口人的吃饭穿衣问题，也让父亲喘不过气来，他便在房前屋后的空地种些瓜果蔬菜，来充实一下"饭钵子"。压力像根根绳索把父亲捆绑得喘不过气来，于是，他苦闷、消沉起来，很少讲话，经常默默地抽烟，有时他双眼定定地望着灰蒙蒙的天空发呆，嘴里嘀嘀咕咕着什么。谁也听不清楚，也许，他也不想让人听清楚。

后来，我们家搬去湘西僻远的一个小平原上，一条公路从中间通过，一边是成片的水稻良田，整齐平整，田畴靠山的尽头是一条山溪，清澈的溪水潺潺缓缓。公路的这边是呈阶梯形的农舍和大队学校，大队部和医疗站。

乡亲们以极大的热情拥抱了我们，全家人获得了极大自由。农村缺医少药，当医生的父母被村民们众星捧月般待着，他们没有下过田、干过重的农活。在这相对宽松的境况下，父亲的情绪有所释放舒坦，我们决定陪父亲回家，回北方农村的老家。

这是父亲离开家乡南下后第一次回家，也是妈妈第一次去见公公婆婆，更是我们三兄弟长到十多岁第一次去见爷爷奶奶。许多的第一次，使这次陪父亲回老家有着不同寻常的意义。父亲的生父母这边兄弟姐妹众多，又只有父亲一个人走出来了，第一次回去总得多准备点礼物，款待亲人朋友，我们挑着两大担物质行李。当时交通受阻，一路上我们吃尽了苦头。从农村赶到长沙有三百多公里路程，我们先坐拖拉机到区上，再转车到县城；到县城后没赶上每天一趟的班车，只得步行赶到下一个汽车站去更换乘车。荷担步行三十里山路，对于当时只有十五岁的少年来说，可是个不小的考验。我和哥哥轮流挑着担子，大热天穿着背心，不一会儿肩膀就勒出两道深红色的印子，生疼生疼的。兄弟俩为挑担子谁多谁少，孰远孰近，争执不休，绞尽脑汁耍奸偷懒。中途在一路旁农民家里休息时，弟弟不小心还弄跑了一只鸡，鸡钻进了房屋边的荆棘栅栏里去了，父亲要我和哥哥钻进荆棘丛里去抓鸡，折腾好久才把那只鸡抓回来。匆忙赶到下一个站点，好不容易才搭上开往长沙的汽车。到了长沙买火车票又成了问题，没买到当日的车票，又辗转找到妈妈的亲戚家去求宿。一家五人汗流浃背跑到毫无准备的远房亲戚家，本身就是无奈之举，遭人家冷脸也在情理之中，好在是夏季，拿出几张竹床放在院子里，一家人睡得也还是香甜。

好不容易回到了父亲的老家河南安阳，一番嘘寒问暖后，父亲便带我们去爷爷奶奶的坟上拜祖。父亲养父母的坟墓葬得比较远，离我们居住的大叔家还有十几公里，我们坐在一辆北方式的平板大车上，由一只干瘦的驴子慢腾腾拉着在灰尘飘扬的简易路上吱吱呀呀地行走。在一堆土坷垃垒起的土包前，叔叔告诉父亲，这就是他养父母的坟墓时，刚刚还沉默不语的父亲突然嚎叫一声，跪在地上大哭起来。父亲的声音把我们惊呆了，平时少言寡语的他很少高声大腔说过话，更别说这么张扬而率性地痛哭了。也许是压抑得太久，也许是委屈太多，更抑或是对养父母的爱，此时来了个彻底大爆发，他哭得呼天抢地，哭得痛彻心肠，让我们也不断落泪。大家没有劝阻父亲，就让他恣肆地发泄一次……

作为初见公婆的儿媳妇，回老家后妈妈着实想表现一番，尽大儿媳的孝道。每天主动请缨做饭，每餐做上一两个有特色的湖南菜，什么腊味合蒸、大葱炒腊肉、凉拌香肠之类的湘菜，轮流奉上。可我们那些叔叔婶婶、姑姑姑父们却不领情，不知是不习惯在一桌吃饭，还是久不来往感情生分了，也许是他们对湖南菜根本没有胃口，妈妈做的菜再多再好，他们都是一张大饼卷裹根大葱，端一碗小米稀饭蹲在院子的角落里"嚯嚯嚯"地吃着，让妈妈很伤自尊。难道亲情也有水土不服的时候吗？

但真正让父亲忧郁沉默，还是几年后他亲生父亲的病逝，闻讯千里迢迢只身前往老家吊丧时产生的。第二天出殡时，家人让他去捧父亲遗像，毕竟他是崔家的老大，但主事方说他已过继给叔父为子，不再是崔家老大了，不让他去捧父亲的遗像，重重地伤了父亲的心。养父那边没有尽到孝，生父这边又剥夺了他作为"老大"尽孝的权利。他感到多么委屈，但只能默默地接受。

父亲走得较早，是带着许多委屈与不甘走的。他只活了七十三岁，我不知道是否与那些没完没了的委屈与伤害有关，但精神上长期受到压抑，心情郁闷，无疑是他生命的隐形杀手。

岳父的养身术

岳父年近八旬，仍然神情矍铄，身板硬朗，除了耳背这丁点儿毛病外，几乎没有其他的疾病，而且还能背沉甸甸一罐煤气上四楼，气不喘，中间也不停歇，不得不惊叹他老身健体壮。

岳父是从旧社会过来之人，少年时代家境贫寒，子女众多，曾过继他人为子，对于过去的苦日子老人不愿提及。早些年他老在农村从事基层金融工作，不能说不辛苦。劳累了大半辈子，好不容易调进城，年岁却不饶人了，一个红本本退休证给他的奋斗画上了圆圆的句号。退休后，诱人的仕晋仕退已与他无关了，他过起了赋闲的隐居生活，守着那份吝啬的时光和微薄的薪金，打发时日。他深谙颐养天年的养身之道，自定了三条戒律，其一是息怒寡欲，谓之不与人争宠辱荣枯，非但自身之事不计较，而且儿孙辈们的荣辱进退、婚嫁哀乐亦不闻不问，不喜不忧，不操那份闲心。当我们回家与岳母及亲人谈及单位及社会上的是是非非，他老总是充耳不闻，有目不睹，保持一种恬淡心境，冷冷作局外观。戒条之二是，食寝讲规律。清晨曙光刚抹白天际，他老的生物钟就起作用，按时起床，无论刮风下雨还是晴朗天气；夜晚安寝也是雷打不动的九点半上床，不管家中是否有客人，或其他什么事，他都能安然入睡。吃食上，他也是十分节制，三顿饭到时间就得吃，不提前也不推迟。早上一海碗面条入肚，中饭呷半盅自泡药酒、一碗子饭，酒宴上的山珍海味他都是浅尝辄止，从不贪吃贪杯。戒条之三是，辅之适当的身体锻炼。他老坚持以活动筋骨为主，不练气功、太极功，不相信那些所谓的什么功能治百病的"神话"，只相信生命在于运动。散步是他老的必修之课，晴朗之日，十里二十里不等，即使下雨落雪，也要擎伞而行，从不间断。这几日又增添了新项目：赤足踩卵石，谓之足底筋脉最为繁盛，赤足与卵石接触可疏通血脉。清晨或向晚时分，他在院落一隅与卵石嬉戏，自得其乐。岳父的养生之道的核心，讲究的是心境平和，性情冲淡。

岳父是土改时期的干部，也读过一点古书。革命工作了一辈子，一直是银行普通职工。他同时期的同事，后来有当县长、局长的，甚至官至省委书记。他老几十年如一日，安心、满足于平凡岗位，不去攀比，心平气顺，乐在逍遥。这也是他的养身长寿之道。

看来岳父深得养身之诀窍，后辈的我，虔诚地祝福他老健康长寿。

妻不在家

妻子出差才几天，我恍惚觉得已经年累月似的。

从妻子告知我她出差的消息始，我就谋算好，等妻子携儿子外出后，便闭门谢客，潜下心来好好地读读书，好好地爬爬"格子"。平时妻子唠叨刺耳总嫌烦，这下可就能静下心来了。我暗暗地庆幸。可是在办公室里忙碌了一天，拖着疲惫困乏的身子回到家中，过去迎面而来的温馨气氛没有了，扑上来的是冷清和寂寞。三间平日充盈着生气的居室，此时静寂如荒村野地。尽管时令已至盛夏，一种凉意却悄然流遍全身。我曾想借男人的阳刚和理智，驱赶孤独的心境，好让自己潜心读书、创作，却无奈地败下阵来。

于是，我踱上洒满夜色的凉台，点燃那萤虫般烟火，希望能点燃思绪，进入自己谋划已久的创作中去。但对面楼房一扇扇明亮的窗口里，正上演着"全家欢"，使我又陷入了对妻儿的思念和身处孤独的烦恼。我凝视深邃的天幕，星星眨着眼睛，仿佛也在调侃我的孤单……只有在这样的时刻，我才幡然想起妻子的诸多可爱，想起妻子在家时的那份恬静和温馨。

平时，妻子在家，只要我一进门，她保准从厨房出来，一边接上我的公文包，一边递上拖鞋。平平淡淡地问一声"回啦"。我立刻如沐春风，再瞅桌上那香气四溢的饭菜和候在那儿的啤酒，一种惬意就在身内弥漫。吃完饭，有时我在看书、写作，妻子一会儿倒茶，一会儿端来水果，总在身边晃荡。也许有些烦，但文思泉涌，可这几天里，简直像人在沙漠，心里干燥焦渴。

有时，我下班后没回家，妻子会适时地打来电话，问问情况，并叮嘱再三。有时她自己在外有应酬，也会安排好我的生活。这下可好，她才外出几天，顿顿饭要我自己安排，很麻烦，岂不让我才思枯竭了？

不知哪位诗人说：女人是家庭的月亮，月亮消隐的日子，夜是多么的黯淡、冗长。也有人说：男人是女人的港湾，船已远行到大海了，空旷冷清的港湾也就失去了它原本的含义。

我不知这些说法是否准确。不过，这些日子我几乎天天都在骂自己，骂男人的无能与无奈——妻子，你能快点回来吗……

清明雨纷纷

　　窗外，淅淅沥沥地下着雨，我独坐孤寂中，心如远行的舟船在记忆的河道上前行。思绪纷繁，带着丝丝初春的微寒。我想起父亲生前给予我的种种温情，他的慈祥和蔼，他的理性睿智，他的忍耐低调，他的内心忧伤，所构筑起的质朴、苦涩的人生。

　　昨天去父亲的坟地了，点燃蜡烛，烧着纸钱，隔着一抔黄土，与父亲聊了很久。也不知他老听见了没有，但这种对话让我心中释然，仿佛完成了一件重要的事情，仿佛达成了某种心灵的愿景。这是清明节固定的节目吗？这是清明涵盖的内容吗？我不得而知。

　　清明祭奠亲人朋友的风俗已延续好多好多年了，一千多年前，唐朝杜牧有诗云："清明时节雨纷纷，路上行人欲断魂。"有关清明的习俗有很多：一是清明前的寒食节，禁灶断炊。据说春秋战国时期，晋文公误杀了忠臣介子推，为表示忏悔，哀悼他的这位臣子，将这一天定为寒食节，举国上下禁止烟火，只能吃寒冷食物；二是上坟祭祖，缅怀故人；三是广插河柳和荆条；四是踏青郊游；五是放风筝，以辟邪消灾，带来好运气；六是植树，这天雨水多，树苗容易成活；七是荡秋千，玩蹴鞠等。

　　春节一过，大地复苏，万木吐蕊，柳条在河边婆娑，玉兰在窗下绽放。纷纷细雨中市井间便开始酿造清明的气氛了。清明节，我们不但要祭祀崔家祖先，还要为林家祭祀祖先。林家是益阳的书香门第，长辈曾参与创办益阳信义中学等教育事业。由于外公病逝得早，林家祖业凋敝，后代漂泊四方。改革开放以后，于二十世纪九十年代末才重建了房屋，父母退休后迁居益阳定居。

三十多年来的每一个清明，我们兄弟都回益阳祭祀。前些年是父亲带着我们，父亲走后，弟弟卓平去得最多，我和哥哥退休后也便常来。外公外婆的墓地离城远，有几十里路程，交通不是很方便，因为没有一趟公交车直达哪儿。如果我不开车回家，弟弟要自个儿坐几公里的公交车，下来再搭农民的拖拉机或摩托车。如果风雨交加，就会淋个落汤鸡。林家祖坟场的乡亲们都感动地说：你们兄弟是林家最忠孝的子孙！

窗外，春雨潇潇，寒意袭人，此时，多少儿孙在路上跋涉，多少后辈在风雨中践行……

结巴队长

　　人生中，有许多的人和事会飘散在匆匆而逝的光阴里，了无痕迹。但在记忆深处留下的人和事，却会随着你的年龄增长而日渐明晰起来。比如说他，我们到湘西后的第一任生产队队长，却总是忘不了……

　　那是到湘西的第一个早晨。也许是昨天长途颠簸太劳累了，一觉醒来，亮亮的阳光已从屋瓦间筛漏进来，丝丝缕缕，如同明丽的丝线。我一个鲤鱼打挺翻身坐起，睁开惺忪的睡眼瞅了一眼墙上的挂钟，才六点，阳光就如此亮丽了，乡村的早晨比城市醒来得早啊！

　　刚刚洗漱完毕，一家人正在为早上吃什么犯愁，房门突然被人"笃，笃"地敲响，房门吱呀一声，一个高个子中年人抱着一大捆柴火挤进门来："我们这儿烧，烧这个，不比你的城市烧，烧煤，"他随手把一袋谷米搁在了几案上，"先吃，吃着吧，口，口粮以后再分。"

　　原来，他是我家插队落户的生产队队长，除了讲话有些儿结巴，人倒是长得英俊伟岸，他向父母叽叽咕咕地交代了一些事情，那种纯朴善良和诚恳真挚，已从结结巴巴的，听来吃力的话语中显露出来。

　　他走后不久，又打发十四岁的女儿来到我们家，领着我和哥哥到打水的井边、买酱醋盐的小店等地方走了一趟，热情地介绍这介绍那。她还告诉我们如何打井水，起始我们对农村井边打水不得要领，打不满水，她就手把手地教我们，与她父亲一样热忱。随后，她又领我们去了她家。她家是一幢木制瓦房，坐落在离我们居住的旧校舍百十米的山坳里，一房四屋还有偏房，在农村可算是大户人家了。结巴队长家六口人，夫妻俩一连四胎全是千金，最小的才三四岁，看情形有不生个小子誓不罢休的决心，因为大婶又挺起了肚子。

进得屋去，微微有些行走不便的大婶热情地一把将我们兄弟俩拉在身边，用手抚摸着我们的头发，好像拿破仑发现新大陆似的，高声喊起来："秋菊，你看人家城里的娃儿就是不一样，头发都乌青乌青的好有光泽。"原来领我们转悠的姑娘叫秋菊，是结巴队长的大姑娘，我一下记住了她的名字，不是因为她眉清目秀，面容纤好，而是她同结巴队长一样心地善良。

在结巴队长家里，我们被真挚的热情包围着，感到他们仿佛久违的亲人，先前的拘谨荡然无存。后来我想，我家像失群的孤雁一样，来到湘西这个偏远山村，是不幸的，然而，老天爷却是仁慈的，让我们遇上了像结巴队长一家这么热忱善良的乡亲，也许是我们前世修来的福缘。

五保户张伯

　　杨梅洞的记忆鲜活如昨。即使二十多年过去了，在我的记忆深处，还留下一个个鲜活的人物，五保户张伯就是其中一个。张伯叫什么名字，我不记得了——不！也许他本就没有名字，张癫子仅仅是乡民给他的一个绰号。

　　张伯是杨梅洞的五保户。五保户是农村中没有妻儿，没有父母的孤寡之户，靠乡村组织的救济度日。张癫子其实不癫，他面对贫穷生活唉声叹气，常常会表现出与生活氛围不和谐的机警与幽默，弄得大家哭笑不得，似乎有点疯疯癫癫的味道。张伯喜欢讲故事，那些不知道从哪里听来，从他嘴里说出的故事，常常惹得人捧腹大笑。他还喜欢唱山歌，一阵阵高亢如狮吼，一阵阵低沉似虫鸣，歌词含糊不清，但词义张伯一定是知晓的，要不为啥每每低吟处，他那一脸的悲戚，让人感伤。

　　张伯没有祖屋，便寄居在队部的仓房内，也美其名曰守库。生产队队部在几棵高大茂盛的樟树下，每天日头刚刚上竿，全队的男女老少们便会在一阵阵破锣的敲击声中，陆陆续续、稀稀拉拉地来到队部草坪前，听生产队队长的劳动安排。冬日，会有一堆熊熊的篝火让你围坐取暖，炎夏，会有一缸消暑的凉茶供你解渴。要是你的工具还差这缺那的，尽管到张伯房里去取，不用商量不用询问，一切取放自由。我们知青缺乏农活经验，或少不更事，出工时常常丢三忘四，去张伯房里取这取那，更是常事。让人奇怪的是，那些草鞋啦，麻绳啦，刀把啦，等等，好像取之不尽似的。殊不知待我们上工走后，张伯就忙了起来，打几双草鞋，搓几根麻索，准备在那儿了。

一段时间以后，我们这帮男知青常常为烧柴做饭而苦恼。平时上工的日子里，还能勉勉强强做上两顿，可是到冬末春初时，就是吃了上顿就不想做下顿了。这时有人想出个主意：到张伯处搭火。这可苦了张伯，本来一天蒸一次饭他可以吃一天，我们几个搭火后，他每天要蒸三次，每次要蒸三大碗，且不说多烧柴薪，还要为我们准备几个小菜。那以后，张伯天天要上山砍柴，夜夜要到各家去索讨一些干菜，可是张伯从不对我们说什么，从他那沧桑的脸上也看不出丝毫的不乐意。他还常背着我们跟那些大婶婆姨们唠叨：这些娃不容易啊，离开父母离开城市，到我们这里来吃苦受累！这样，我们在张伯那儿搭火，也有经年数月之久。

后来，知青生活熬到了头，我们都招工到铁路去了。当办完各种手续要走了，便把用过的脸盆、铁桶、被褥、农具，放到张伯空旷的房子里，与他说些感谢告别的话。张伯一会儿摸摸这个，一会儿摸摸那个，眼泪、口水流在布满皱纹的干瘦脸上。他一脸的受宠若惊，一脸的难舍难分，不停地说：你们把这些东西带回家吧，都还好好的呢！我一个糟老头子用不了这么多好东西……

离开杨梅洞二十多年了，张伯也已作古，但我时常想起他，脑海里总浮现出他的音容笑貌。

后妈

她当起了后妈，是我意想不到的事。

年轻时的她，漂亮、活泼，在校时有"校花"之誉，拥有一批批追求者，但她心气甚高，一般人入不了她的法眼。她也是命运的宠儿，下农村入党，两年后即被顺利地保送上了大学，大学毕业后如愿留在都市科研单位。老天爷给她安排了如蜜般的人生，可老天爷也有打盹的时候，经她千挑万选相中的丈夫，结婚没几年就殒命于车祸。

命运把她丢在了尴尬的路口。

改嫁是人生的一出令人窘迫的剧目，考验着演员的智商与情商。过去的成为过去，生活还得前行与继续。说媒，相亲，网恋，邂逅……许多常见而俗套的恋爱、成家的程序，万花筒般在她的生活中上演，高低不就不说，还得把个人的尊严与自信来一番作践。说年轻漂亮吧，人家嫌弃结过婚；说温柔贤淑吧，道听途说，人家将信将疑；说婚后没有子女吧，人家担心不能生育。挑人家是箩筐中选枣，被人家选则是瓜田里相瓜，难得百分之百满意。经过 N 次相亲后，她选择了一位带着孩子过来的工程师，再婚后就无奈地当上了"后妈"。

"后妈"，在世俗的眼中那可是刻薄、无情、自私的代名词。以前她生活的字典是没有这个词的，猛一下要堆在她身上，怎么办？改嫁是一场赶考，后妈则是考验人性是否善良的升华。

这个"后妈"可不好当，年轻的工程师失偶既不是车祸也不是病变，而是夫妻双方性格不合离婚。也就是说，带过来的孩子是有亲妈的，只是判给男方抚养，并且还居住在同一座城市，低头不见抬头见，更让年轻的"后妈"心头添堵。如何处理这些复杂的关系，着实给她出了一道难题，解题是智慧的，还需要宽阔的胸襟。而年轻的她，来的第一招就得到了满堂喝彩！

"稚儿，你的妈永远是你的亲妈！你任何时候都可和她见面！不用顾及阿姨的感受，阿姨支持你！"工程师领着儿子来到新家时，她就深情抚摸着稚儿的头，宣布了她新家执政的第一条方略。话一说出，立马释放了压在工程师心头的第一块沉重石头，再婚前后的纠结，一下子就云消雾散了！当时稚儿年纪尚小，还不知这对于他意味着什么，只记得以前爸爸妈妈吵架如同一场战争旷日持久，更使母子之间少了温存与亲切。他不希望父母亲吵闹，也不知道他们为何要吵闹，当然，更不懂父母离婚对于他意味着什么。那天父亲带着他从过去的家里出来，也就再没有回去过，妈妈也还是那天见了面的。不久，父亲把他带到了这个阿姨的家里，稚儿他仿佛明白些什么。父亲指着这个阿姨对他说：

"稚儿，这就是你今后的妈妈。"

稚儿心里说："她不是我妈妈！我只有一个妈妈！"幼小的心里有着抵触情绪。

也许是她未有孩子的缘故，稚儿的到来唤起了她潜于心底的母爱，她把充沛的母性之爱倾注到了稚儿身上，稚儿也感受到了比妈妈更温暖亲切的爱。

再婚不久，她和工程师有了自己的孩子。当亲生儿子来到这个世界的那一天，她又宣布了新家理政的第二条方略：两个孩子之间，以长幼为序，不搞厚此薄彼，这无疑是对自家孩子下了道紧箍咒。两个孩子年龄相差五六岁，添衣加被，置买鞋袜以及学习用品、文娱玩具，均为一个牌号，只是大小尺寸有区别，一碗水端得平平的，甚至两个孩子吵架闹别扭，她总是说服小的向哥哥赔礼道歉。如果说，第一条方略有些笼统，不触及具体事理，很难显现出"后妈"的大度，那么，第二条则是具体的操作条规，检验着"后妈"的宽厚。

稚儿进入了青春叛逆期，又处在高中过"独木桥"的关键时期，工程师每天在外忙工程监理，十天半个月着不了家，"后妈"一个人既要上班，又要管束两个儿子，她工作能放的则放，抽时间多来陪陪孩子。面临高考的关键时刻，稚儿病倒了，住进了医院，这可把"后妈"忙坏了，自己要上班，小儿子读小学不能不接送，而稚儿住院不能没有陪护……"后妈"硬是像个陀螺忙得团团转，挺过一个星期，稚儿出院了，工程师回来，儿子读书未耽误，全家周末其乐融融，"后妈"付出的辛劳被笑声和欢乐冲淡了，应该的，都是应该的！她含泪地笑了。

在各个阶层众多的家庭角色中，最难当、最尴尬，最出力不讨好的角色莫过于"后妈"。你对孩子千般好，那是应该；你不经意或迫于两难，出现丁点儿"闪失"或差错，那你是刻薄、无情。而"后妈"以慈爱、宽厚，成功地扮演了这个尴尬的角色。

稚儿出国留学回来，在上海找到企业高管工作。在上海买了房子结婚成家，这时，他的亲妈想从外地来上海，与儿子儿媳住在一起。这让稚儿很是为难，他怕得罪了"后妈"，因为他是判给父亲抚养的，六七岁就跟父亲与"后妈"组建新家，十几年来"后妈"视自己如同亲生，含辛茹苦把他养大，即便在弟弟出生以后，他也丝毫没有感到"后妈"的疏远和冷淡，他心里早就把"后妈"认同为妈妈了。自己成家立业了，父亲、后妈也退休了，计划房子弄好后就接他们过来居住的，谁知，这当口亲妈插了进来，他不知如何是好，但毕竟是自己的亲妈，这让稚儿有些左右为难。没想到大度、理智的"后妈"闻讯后，亮出了她的第三条方略，稚儿的家是父母的家，凡是父母都可以去居住，她不会计较！这让小两口着实松了口气。可是稚儿夫妻的孩子出生后，亲妈又借故出国旅游，撒手不管，"后妈"和父亲又像消防队员匆匆赶来了，当起了自带薪金的保姆。

　　"后妈"没有退缩，没有埋怨，更没有责怪，这让稚儿从心底接受了"后妈"，也让"后妈"人前人后赢得了一片喝彩！

点点

点点是我饲养过的一条小狗。

此前，我对饲养各类动物，向来是嗤之以鼻的，总觉得热衷于宠物者，大都是玩物丧志之辈，无远大理想且不说，在生活中也属于我瞧不起的"另类"。所以，对于养狗养猫一直心存芥蒂。

那年，我们与同学一起去湘西，不过三日，我去李有根家借锄头，他家的大黄狗趁我不备，猛地窜出来，在我的腿肚子上咬了一口。乡下就医不便，又怕感染疯狗病，一时急得不知如何是好。幸亏有乡间的土郎中，采来草药给我敷上，才慢慢好了。尽管当时没有大碍，而留在记忆中的恐惧，就像我腿肚子上至今还留下的疤痕一样，使我一直对这类动物耿耿于怀，避而远之。

可仅仅饲养了三个月的小白狗点点，却改变了我对此类动物的印象。其实狗作为人类的朋友，是很通人性，很讲感情的，它们知恩图报，疾恶如仇。

一天，夜已深了，妻子出差不在家，我一个人带着个 10 岁的儿子在家。此时，电话铃声响起了，我接过电话，原来是岳阳去深圳的侄女，途经长沙，要我来车站站台，说有要事相托。我匆匆赶到站台，在车厢门口见到他们，提着一只纸箱，里面装着一条全身洁白如雪，只有两只耳朵和尾巴是棕黄色的小丝毛狗，正低着头嗷嗷地叫。原来小夫妻俩准备把这只小丝毛狗带到深圳去的，出发时让它吃了一些安眠药装进纸箱上了车，到长沙药力渐退，小家伙醒了，一个劲地嗷嗷大叫，列车员警告他们赶紧处理。侄女视小狗如珍爱，不舍丢弃，想放我这里寄养一段时间，以后另寻其他方法带到深圳。

我并不情愿地把纸箱接了过来，列车开走后，我小心翼翼地将小狗抱回了家。见到小狗，10岁的儿子倒是高兴得手舞足蹈。不知是换了主人和环境，还是被儿子的手舞足蹈吓坏了，小狗可怜巴巴、满眼无助地躲在角落里，一动不动，嗷嗷地低吟。儿子从冰箱里拿出自己最爱吃的火腿肠喂它，它也只是嗅嗅；儿子又从瓶子里倒出鲜奶让它喝，它也不理不睬。这可把我弄得不知怎么办了，心想，侄女说小狗点点才出生两个月，这次远行吃了那么多安眠药可遭了大罪，也许明天就会恢复过来。于是，我在纸箱里放了些吃食与饮用水，便打发儿子去睡觉，让小狗也好生休息。

第二天，天才蒙蒙亮，我还未从梦乡中清醒过来，迷糊中觉得我睡的榻榻米床沿有什么东西，在那儿窸窸窣窣。睁眼一看，是一条棕黄色的尾巴毛茸茸地在那儿使劲地摇摆着，小狗睁着晶莹明亮的小眼睛定定地望着我，翕动着的小鼻子在那一张一合地辨识新主人的味道，很可爱的样子，我激动地一把将点点抱在了怀里。就这样，点点接纳了我们，我们也接纳了这只可爱的小动物——点点。

说也奇怪，平时家务活从不操持的我，对点点的吃喝拉撒睡负起了第一位的责任。每天早起第一件事就是操持点点的早餐，打扫它晚上留下的秽物。下班回家亦是如此。上班出差放心不下的，也是点点的琐事安排。关于如何给狗洗澡，听别人指导一番后，隔三岔五我就要张罗着给点点洗澡。给点点洗澡，水不能过热也不能太冷，一大盆水调好后，我要用手试试水温，然后放入一些飘柔洗发水，把狗狗抱进盆里，用手轻轻搓揉，水泡泡膨胀隆起，几乎遮盖住了点点。肥皂洗过后，就用清水清洗干净，尤其是毛发间的皂类物质要清洗彻底，不然丝毛狗的毛就没有光泽和亮度，既不柔韧也不绵长。清洗完以后，最后用电吹风将点点的毛发吹干，吹得蓬蓬松松的。

晚上，一家三口围坐电视机前，就开始逗着点点表演节目。只见它一会儿学猫捉老鼠，蹦跳玩耍，一会儿乐颠颠地在三间房内疯狂奔跑，好不生趣。特别是点点通人性，你要上班去，它看见你在穿鞋套袜，就急忙在你身边蹦跳攀爬，来回牵绊，然后在前边跑，汪汪吼叫以示送行。送下楼梯，送出院子，你叫它停下回去，它会乖乖地停下，把卷曲的尾巴高高竖起，左右摇摆如同招手再见。下班后你回家，离家门口还有几米，它从熟悉的脚步声中知道主人回来了，又是吼叫又是抓门，一旦你出现在门口，它一蹿就爬在你身上了，亲热不已。

我饲养点点三个月后，考虑到孩子的学习，就依依不舍地把它送别人家了。

此后，我会常常想起点点。虽然点点已几经辗转，现在不知到了何处，但只要碰上了与点点有过饲养关系的人，我都会打探点点的消息，哪怕是只鳞片爪。有时走在路上，偶尔瞅见一条与点点毛色相同的狗，我便会情不自禁地唤上一声"点点"，察其神情观其动作，如果与我亲昵，便认定这条狗可能是点点了。然而每次都失望了，心里为自己的这种牵挂发笑，笑这种滑稽的寻亲情结。

厨房陪侍

当年，我与妻子成家立业时，夫妻二人达成了统一的意见：我主外，妻主内。别看妻子纤弱温和，治家可是绝佳高手。她极谙家庭的锅碗盆盏协奏曲，弄出来的饭菜既注重色香味兼备，又讲究营养搭配，我常常邀请朋友到家雅聚，都让他们大饱口福，称羡不已。

夫妻之间过日子，我是极力反对大男子主义的，厨房琐碎并非妻子专利，男人也要出入厨房，陪伴妻子打个下手。况且，现在的女人大都是职业女性，工作与外面的世界于她们也是十分精彩。当丈夫的不要用家务这根绳索把妻子捆绑在三尺灶台上，让聪明贤惠的女人感到生活之枯燥、乏味。

如何给家庭的厨房涂抹色彩，赋予情趣与快乐呢？我的心得是，男人要主动当好厨房"陪侍"。当妻子在厨房内挥汗忙碌时，你不要守在电视旁，而应该侍立在妻子左右，帮着择择菜洗洗葱，适时为她递上勺子碗儿。站在她身边，还可以说说报纸上的最新信息，或者单位和朋友的趣味逸事，活跃厨房气氛。

当然，作为厨房"陪侍"，还有一点不能省略，那就是赞美她的烹饪手艺。不可以对妻子烹调的菜肴鸡蛋里挑骨头地品评指责，更不能讽刺讥笑。对妻子偶尔的过错也要百分之百的包容，对端出来的那一盆盆饭菜，要满腔热忱地肯定。

其实，妻子是极容易感动于丈夫的这种尊重、理解与关爱的。丈夫理解她赞赏她，即使累一点，她也会觉得自己的付出有了意义，她的获得感，也许并不亚于拿了奥运会奖牌。

吃完饭后，作为厨房"陪侍"还应该主动承担起收拾、洗碗的任务，你的这种主动，她会很在意，很高兴。

做好"厨房陪侍"，是我这个做丈夫的必修课目，不知读者是否认同？

第四辑　汽笛声声

一次说走就走的旅行

（一）

大学毕业分配到安徽去的同学，回湖南省亲。餐桌上推杯换盏，谈笑风生之时，有人提议来一次大湘西之行，立马像燃放了爆竹炸开了锅，得到了大家的积极响应。在同学群里，一时之间广州的、深圳的、安徽的、长沙的、张家界的同学接龙报名，来了一次说走就走的旅行。

在设计旅游路线时，大家一致同意沿着沈从文成长之路行进。沈从文，湘西籍的著名作家、学者，中国文学艺术史上不能绕开的人物。他的《湘行散记》《边城》《长河》等作品是中国文学史上一座座丰碑。他的率性不羁、独特的人生，他笔下湘西的灵秀、神奇，曾吸引、影响着我们这一代人。

第一站我们来到了里耶。里耶是位于湖南省龙山县最南端的一个古镇，是湘西四大古镇之一，于清康熙年间始建，雍正年间设置里耶镇。清澈的沅水支流酉水从北边逶迤而来，绕城而过。河边原来有若干个码头，大湘西出产的桐油、棉纱、竹器等物品在里耶集散，经湘资沅澧四水发往全国各地，里耶因商开埠，形成古镇。同时，它还是中国历史上的文化名镇，2002 年酉水河边开掘发现的里耶秦简，就有三万多枚，年代早于长沙发掘的汉简，具有重大的考古意义。

清晨，我沐着朝阳在四年前修筑的四公里长的里耶城墙上行走，一边是酉水上往来的船只，一边是还在沉睡的古镇，清爽的河风拂面，耳畔鸡犬声声，城墙上行人极少，宁静安谧。

古老的王村因一部电影而改名"芙蓉镇"。它地处酉水河岸，得舟楫之便，自古就是永顺的通商口岸，可上通川黔，下达洞庭，素有"楚蜀通津"之称，又享有"酉阳雄镇""小南京"之誉。四周都是青山绿水，景色诱人。酉水边的吊脚楼层层叠叠、倚侧相依，每扇窗口都含情脉脉，每扇门户都浪漫依依。傍晚时分，皎月初上，吊脚楼灯红酒绿，酉水闪闪烁烁，神秘温馨。那曲径通幽的街巷里弄，牵引你走进了岁月深处。沁凉的麻石街透着历史的幽邃，凹陷不平、坑坑洼洼的路面，见证了过往沧桑。

我们又驱车来到八面山上的燕子洞。千仞绝壁上的燕子洞，雄视天下，一览众山小，一条镶嵌在悬崖峭壁上的小径把我们引向深处。燕子洞由大小相连的五个天然溶洞组成，洞洞相连，可容几千上万人。

（二）

汽车在龙山县境内行驶。

大湘西的山川风物说它奇绝，是一点都没错的。车窗外的崇山峻岭狂傲不羁地直冲云霄，有些山峰植被茂密得不透风，有些荒岭野地光秃秃的，周遭是些蔫了吧唧的荒草，空地上，村民种上了包谷、高粱等农作物。

此时，汽车已驶入了两边都是高山大岭的山谷，无垠的天空只剩下一线天了，刚才还火辣刺眼的太阳被遮挡了，悬崖上树木葳蕤，凉风阵阵，说是进入了龙山大峡谷。大峡谷全长 30 多公里，奇峰耸立，山泉潺潺，春季繁花似锦，秋季枫树苍翠，气候宜人，空气中负离子含量极高，是天然氧吧。汽车在一水潭边停下来，这里已聚集了许多游客，大家纷纷在"里耶——龙山大峡谷"的牌坊前照相，三五成群、二三一伙摆出姿态，任由摄影师"嘎嘎嘎嘎"不停地按动快门。此处余兴未尽，那边水榭处又起了吆喝声，于是又蜂拥而去潺潺溪水边的大卵石旁留影。在弯弯的月牙桥上，在耸立山溪边的大树下，都留下了我们一行人笑如山花的影像。

在大家争着照相、溪边嬉闹的时候，服务义工已帮我们买好了"鲢鱼洞"的船票，大家穿上橘红色的救生衣，排队上船。"鲢鱼洞"其实是一个地势较低的普通溶洞，由于山溪水蓄积形成了一个需乘船游览的景观。春季因雨水多山溪水量大，水深至洞口，没有办法进洞游览，冬季因水少溶洞裸露，游人就没有游的兴致。这时是夏季，一年四季中游"鲢鱼洞"的最好时节，溶洞里的水恰好一半，正适合载舟游玩。在李克勤文华"妹妹你坐船头呵，哥哥在岸上走"的歌声中，同学们踏着节拍鱼贯上船了。船是木制的，有七八米长，一米左右宽。男女同学对坐着，在深潭似的溪水上漂行，歌声不断笑语喧哗。船主拿着长长的撑杆，时而在左边的山岩上撑一下，时而在右边的钟乳石上一点，把住方向，船从倒悬着的钟乳石间穿行，还不时提醒我们注意安全，不要被两旁的钟乳石划伤。船行了半个小时左右，不知谁在吆喝"妹妹要过河？哪个来背我嘛？我来背你嘛"，我们就到了溶洞的对岸。

这是个不大不小的溶洞，小路随地势起伏曲折，每一处景点都有五颜六色的迷幻彩灯，璀璨斑斓，如梦似幻。路边设置了各式栅栏及水洼，我们一行人走走停停，人停歌未歇，歌停笑声起……

八面山，山八面。何来的八面山？山八面又是些什么地方？这些，一直在我头脑里打转转。汽车爬过一个又一个陡峭的S型急转弯山路，到达了四面一览众山小的高峰平原，来到湘西著名景点——八面山。这里是湘、川、渝、鄂、黔等八个省市的交接地带，故称八面山。一片无垠的草原，起伏逶迤，没有山峰遮掩，视野开阔。草地上，有各种毛色的马匹，供游人骑行。游人一下汽车，立马围拢过来许多招徕生意的。我是不敢也无意去骑马的，却见同行的李萍等人，很快飞身上了马，两腿一夹，"得"的一声，骑着马儿在这八面山草原上奔驰开来，跑了一小段路程，受过训练的马儿就停下来，在草原周边慢慢地踱步。

八面山上，清风徐来，阳光也温和了许多，走在太阳下没有那种蒸人的感觉，这高山草原，是一个天然牧场，也是供游人休闲玩乐的好去处。

（三）

从八面山再往纵深处行驶，我们去探访"再生桥"。一行四五辆汽车用导航仪指引。离景点200米时，导航仪就说已到目标附近，下车一看，又没有任何指示牌，来回折腾了两趟，也没见景点。问附近游客，他们的指说也让我们一头雾水。这时，一个农民告诉我们，"再生桥"不在路边，而是在几百米远的深涧中，要下车步行去寻找。我们有些犹豫，那地方到底值不值得顶着烈日，披荆斩棘去寻找呢？有兴致王高的同学早已唱着歌儿，走进了一片烤烟地里了。

这一路还真难走，路很窄，许是游人不多，两边的杂草荆棘丛生，几乎掩盖了小路。大概走了一两里路，来到一条几乎干枯的小溪边，山溪里卵石都裸露在外，一颗颗或大或小的卵石，被冲洗得雪白雪白的，依附石上的草菌都枯萎了，山溪底或大卵石下偶有细微的水声，谦卑得几乎听不到。

再往深处走，路愈见其小，裸露的岩石狰狞可怖，不知是谁先惊呼起来："看！好一座石桥！"的确，我们眼前横空飞跃起一道彩虹般的石桥，桥下是一个天然岩洞，几百个平方米，可以容纳几百上千人。往下看，是一个深不见底的洞涧，好深好深，若是雨水季节，充沛的溪水顺着我们过来的这条河床，至这儿跌落深洞，必定会绽出雪白的瀑布。瀑布上有石桥，桥下有溪水，如果站在桥上，四周风景定然无限美妙。

可惜我们来得不是时候，山溪枯竭了，没有水。

这些年，"十八洞"的名字如雷贯耳。十八洞村在花垣县，处于武陵山脉中段、湘渝黔三省交界处，属苗族聚居区，苗族风情浓郁，原生态苗族文化保存完好，有十八个未开发的溶洞，洞洞相连，神态各异，鬼斧神工，"十八洞"因此而得名。我们来时，村里的旅游业已见规模，社会车辆不允许进村，只能乘坐村旅游公司的电动中巴汽车。我们一行人分乘两辆车出发了，绕过十个 S 型弯道行驶，四五公里，便到了村部的游客服务中心，然后我们步行游览。先参观了村部陈列室，其展览陈列没有什么新意，随后，我们沿着一条柏油马路进村。从道路两旁的宣传标语、文明提示牌、垃圾桶设施，能看出农村的变化，看出精准扶贫的成果。烈日下，有位打扫卫生的老娭毑，个子不高，身形佝偻，着苗族服饰，头上缠着苗盘，用一件橘红色的马甲套在苗服上。我蹲下身子与她攀谈，她告诉我，她是村聘用的卫生员，每天按作息时间上下班，每月有工资发放，尽管快七十岁了，她要坚持这份工作，这是村里给她的福利。

我们来到村核心区域，各式各样木房子错落有致地坐落在山山坳坳间，大都是两层楼，还有吊脚楼，中间是村里的大操坪，周围有木制回廊环线，摆着些腊肉、酸鱼、野菜、苗绣、蜡染、花带、蚕丝织件，还有许多竹制品等，向游人兜售。操坪里，节日期间还会举行篝火晚会，有抢狮子、接龙、打苗鼓、舞龙、上刀梯、唱苗歌等节目轮番上演。可惜我们来得又不是时候，没有看到这场具有苗族风情的演出。每年十八洞村还要举办苗族新年、赶秋节、山歌传情等热烈的节日活动。

（四）

按计划，我们要重访小山村——太坪村。这是我们情牵梦绕的地方，四十多年前，青春年少的我们，因一份机缘，与这个偏远山村联系在了一起。懵懂的年华，青春的热血，艰苦的磨炼，难忘的过往，让我们与它有了永远的牵连，它成了我们的精神家园，成了我们的灵魂救赎地，多少次与它梦中相见。

那日，我们从四面八方涌来，村民们用炽热的情怀拥抱了这些曾经的漂泊者。我们相聚在落成不久的村部，年过花甲的女知青们舞动彩绸，跳起了欢乐的舞蹈，萨克斯、笛子奏出动听的旋律，练书法多年的知青铺开宣纸，挥洒着翰墨激情，村民们则以精心准备的一桌桌美味佳肴，款待这些远方的亲人……

四十多年了，时光可以改变一切，却改变了炽热的情怀！

四十多年了，山村已经焕然一新，思念却越来越浓！

老支书致了热情洋溢的欢迎词，扶贫工作队队长介绍了太坪村的脱贫致富情况，并希望各位亲人多给予关注与支持。

丰盛的酒席开始了，大家推杯换盏激情四溢，喝不完的酒，讲不完的话，道不完的情……

中午饭后，村支书热情地邀请我们去看荷花。本来是说好饭后即返长沙的，拗不过村人的热情，就去了荷塘边。映入眼帘的，是碧叶连天，绿浪翻滚，荷花摇曳，花香袭人的好景致，时已仲秋，粉红的荷花已不甚多了，也有几处结了莲蓬。村支书客气地要我们摘莲蓬吃，我心有不忍，不多的莲蓬哪堪采摘？女同学却个个像发疯了似的，有的迫不及待取下各色纱巾，有的撑开五颜六色的纸伞，有的立马换上旗袍披风，摆出各种姿势，三五成堆、二四结伴地拍照，欢声笑语，歌声、吆喝声，掀起阵阵波浪。知青组长声嘶力竭地喊大家围拢来照张集体合影，都喊不拢来。我端详荷塘所在位置，在记忆中搜寻它过去的踪影。

说实在的，重返这个小山村，我的心情是五味杂陈的，熟悉的一切都已面目全非了。过去，这个小山村是一个半封闭的自然村落，一条山溪水潺潺绕着村寨流淌，十二个生产队呈环形依次排开，周遭是小树林、小山坡，村民的房子都是木结构的，踏上二楼，会发出"吱吱呀呀"声音，一栋栋错落有致地立在田边、地头、山角，显得自自然然，妥妥帖帖的，既不拥挤也不杂乱，不时有狗吠鸡鸣传来。每个生产队部都有一棵或数棵参天大树木掩映，前面有一块空旷的晒谷场，周围是一个个稻草垛。乡间小路蜿蜒曲折，高高低低，伸向村寨深处，显得古朴悠然，自然美好……现在一切都不复存在了，一栋栋水泥砖瓦小洋楼取代了过去简朴的民居，一条连接省道的不甚宽的水泥路，直接通到每一个村民组，经过一户户村民的家门口；家家户户几乎都有了摩托车、小汽车，无须肩扛背负，沉重的劳动已由机械承担；村里不仅通了电，有了自来水，还有 4G 网络覆盖。原来全靠老天爷照顾的单一种植模式，也得到了很大改观，以农为主、多种经营并行，小山坡上都种植了经济作物，如梨树、桃树、油茶树等，一片连接一片；还有树木加工，外揽业务……

想起来了，眼前这片荷塘过去是我们一生产队的一丘农田。那年来到这个生产队，几个月后就是农村的"双抢"，那可是对我们知青娃的"大考"。所谓"双抢"，就是在特定时令内把夏季稻抢收回来，十天之内把冬季稻谷秧苗插下去，时间紧劳动量大，是"双抢"的主要特点。初到农村，尽管我们的农业技能差一点，但是劳动热情和干劲是高涨的，十七八岁的青年有着使不完的力气。记得在这块荷塘田里抢收稻谷时，火焰般狠毒的太阳肆无忌惮地照射着大地，水田掀起一阵阵热浪，水汽蒸人。我是机械打谷主要劳力，打谷机是一个大木箱，装着一个脚踩的滚动脱谷机，两个劳力一边并肩站在脱谷机垫板上拼命踩动滚桶，一边接过递上的一把把湿淋淋连水带泥的稻禾，使劲按在脱谷滚桶上，上下左右翻动、碾压，脱谷机踩得越快，稻谷脱粒就越彻底。这时要手脚并用，同时使劲，泥水汗水在脸颊上流淌，带咸味的汗水流到眼睛里，涩痛难耐，还要不时在半米多深泥巴的稻田里使劲拖动脱谷机木箱。挑着百多斤的湿谷子上岸，双脚深陷泥水中，腿脚都拖不出来。一天下来腰酸背痛，我们咬着牙坚持着，到月牙爬上树梢的时候，回到知青屋，浑身像散了架一般。但艰苦的劳动磨炼了我们的心智体魄，我们受到了灵魂的洗礼！

现在村里还开发了乡居一日游，村部有民居，吃、住、玩一条龙服务。哦，就是这片从农田改成荷塘以后，每年种植两季荷花，春秋两季荷花盛开时能吸引不少的游客踏青旅游，摄影的、采莲的、赏花的应接不暇。经济效益可观，是种植稻谷收益的几倍。精准扶贫的第一书记告诉我：太坪村的扶贫工作仍然在路上，它的缺陷之处是仍没有找到支柱性的扶贫产业，扶贫工作还处在零打碎敲的地步，不能满足持续发展的需要。

回长沙的路上，我在思考：如今农村基本解决了温饱问题，如何利用优质的田土、旅游资源做好扶贫工作是一个方面；而如何在文化扶贫、精神扶贫、扶能扶智领域开展工作还有很大的空间，我们这些曾在此锻炼的人，还能为这视为第二故乡的地方再做些什么呢？

天池

在晃晃荡荡的墨绿色摇篮里悠然两天，总算来到了西北边陲门户——乌鲁木齐。

乌市车站的同仁告诉我们，新疆的特点是地大物博，有南疆北疆之分。若来旅游观光，南疆是个极好的去处。他如数家珍般告诉我们：吐鲁番、喀什、哈密，还有甘肃的嘉峪、玉门两关，再往南就到敦煌了。

可惜我们的时间很紧，那就游天池吧！主人十分理解地为我们安排了天池之行。

传说中的瑶池——天池，位于新疆康县境内的天山博格达峰北麓的山谷中，距乌鲁木齐市110公里，湖面海拔1910米，水深100余米，属国家重点风景名胜区。

一路上，汽车绕过一座又一座古朴典雅、风情别致的哈萨克族蒙古包，沿着白雪皑皑、雪光辉映的天山北麓行进。爬上山峰，陡见莹莹雪峰之下现出一眼清澈碧透、黛蓝幽静明镜般的高山湖。同行者告诉我们，这就是天池。

天池四周群山环抱，山峦拔翠，幽谷深邃，绿草如茵。传说，天池是古代西王母居住的仙境，西周穆王遍游西域，西王母偕诸仙子在美丽的瑶池边款宴穆天子一行，天池之名故而彰显，盛传历代。天池东南方有海拔5000米以上的山峰3座，其中博格达峰海拔5445米，终年积雪，银装素裹，蔚为壮观。

在天池乘快艇游览的确是难得的享受。湖水中兀地驶来一艘颇具现代气息的马达快艇，更为天池平添风情。快艇在池水中行驶，碧绿澄澈的池水清冽冽的，可见水底藻物。把手探入水中，立刻一种浸骨的凉意传遍周身。我们一行人在游艇上又是唱歌，又是呼叫。天池地处高寒山区，还像一位未出阁的处子，寂然静穆，很少有人打扰，碧绿的湖水纤尘不染，这么美的景致怎么能锁在深山无人问呢？

游完快艇，我们想试试骑马。谁知一开口，四周便一下子踏踏地奔来数十匹或白色或棕色或黑色的马，膘肥体壮，鬃毛纷扬，英气飒爽。牵马的都是哈萨克族牧民。我们被这阵势吓住了，纷纷躲避。一哈萨克族青年说：他们都是来兜揽生意的，用不着怕。于是，我们挑选了性情温驯的良驹翻身上鞍，拉着缰绳，由马主人导引，沿着逶迤的山峦尽兴地兜风去了。爬山过涧，翻山越岭，在马身上摇来晃去，开始很是紧张，双手紧握缰绳，唯恐有一时的闪失。走着走着，发现马儿走山路是极平极稳的，山再陡峭，路再滑它都从容不迫，款款而行。到了平坦的山地，我们就撒开缰绳让马儿蹄蹄踏踏地跑上一阵，惬意极了。说真的，平时我很少见过马，过去都是在报刊、电影荧屏上见过。因为我爱好丹青，所以最熟知的就是著名画家徐悲鸿的奔马图，有一匹独处的，有几匹在草原上悠闲逗留的，最精彩的还是他的八骏图，那飞奔的气势，那驰骋的姿态，帅气潇洒。

鸟岛

都这么说，到了大西北，不上鸟岛枉费此行。

这天，巍巍的青藏高原下起了罕见的夏雨，蹦蹦跳跳地雨豆急切切地直往汽车窗玻璃上砸，开出一朵朵晶莹剔透的水花。车窗外，干燥龟裂的灰褐色高原上，溅起一垄垄朦胧灰雾，似狼烟缕缕，孤孤直直。

汽车沿着举世闻名的青藏公路飞速行驶，绸缎般飘逸的路面油光闪闪，把我们引向深远，引向那无尽的大漠。随车子一起飘飘荡荡的思绪里，出现一幅幅当年汉藏人民团结携手、解放军官兵捐躯洒血筑路架桥的壮烈景象。当年为了这条青藏公路的建设，国家和地方，藏汉人民都做出了巨大的牺牲，多少战士将生命与热血留在了这里。想到这些，心里便油然生出一种崇敬和肃穆来。

"哇，下雪啦！夏天下雪啦！"同行的小D狂呼乱叫起来。果然，窗外天地间飘起了纷纷扬扬的鹅毛大雪，铺天盖地，遮山掩水。一会儿，伟岸的山麓仿佛戴上了银色的雪帽，逶迤的山谷披起绵厚的白毡，好一幅银装素裹、莽莽苍苍的雪原景象。司机却无动于衷，全然不为我们的大呼小叫分神，油门踩得呼隆隆地叫，汽车在雪海里呼啸着。

突然一声尖叫，汽车在一个寒风呼啸、雪花飞舞的山口停了下来。"日月山到了！"司机说完这句话，率先下了车。车门一开，一股凛冽的寒风如同利刃般蹿了进来。"好冷呀"，我们不由得哆嗦起来，但止不住的好奇心驱使我们把单衣衫紧了紧，一个个鱼贯而出。车外的寒气更重，雪儿也更猛，我们只好以跑步蹦跳来驱赶寒意。司机告诉我们：日月山海拔 3520 米，是去青海湖的必经之地，也是青藏高原上著名的风口。这里一年四季放晴的日子很少，终年都是雪皑皑，风啸啸。

汽车从日月山缓缓下来。雪住了，雪原亦荡然无存，眼前出现了朗朗晴空，咫尺之遥，天气差别竟然如此之大。这就是青藏高原。

前面展现出一片隐隐约约的黛黑色，同行告诉我：那就是青海湖。

青海湖，心中景仰的青海湖，无数次在梦中相见，无数次在歌声中咏唱，兀地出现在眼前，让我们欣喜若狂。据地理书记载：青海湖是我国最大的咸水湖，也是世界上著名的咸水湖，面积约 4.5 平方公里。湖中的鸟岛是闻名遐迩的风景名胜地，由于这里特殊的气候条件，每年夏秋季节，有斑头雁等十多种几万只候鸟云集于此，栖息和繁殖后代。这里也是候鸟南北迁徙的见证地，如同观看海潮的钱塘江，潮起潮落，不同的季节不同的气候，这里完全是迥然不同的景象。

汽车在鸟岛最端头停了下来。这里有数百只洁白的斑头雁栖息，我们挨近时，看见不少游人围着一群群或停栖或腾飞的斑头雁在嬉戏，不时把一块块面包抛在地下，引诱群群鸟儿停下翅膀来啄食。然后，以此景为背景，快速地按下快门。许是游人来得多了，鸟儿根本就不惧人。它们离你数米之远，或蹲在地上或飞翔空中，你若近前它便扑闪白亮亮的羽翅飞起，你若停下它也收翅落地。其憨态着实惹人喜爱。尔后，我们又到孵卵场参观。偌大的场地上，一只只硕大的鸟儿蹲伏在一枚枚亮亮的鸟蛋上进行孵化，灵秀的眼睛微闭着，根本不理会人的存在。因为偌大的场子都是用铁丝网围着，游人只能隔着网罩观望。

塔尔寺

仲夏一日，我在青藏高原的西宁市碰到个难得的好天气，没有狂呼乱啸的西北风，弥天盖地的风沙亦敛迹归隐。我们乘坐的汽车在市区左拐右晃了几下，便向距市区 26 公里的湟中县塔尔寺驶去。

塔尔寺，藏语称"衮木贤巴林"，意为"十万狮子吼佛像的弥勒寺"，是我国藏传佛教善规派（俗称黄教，又音译为格鲁派）的六大丛林之一，也是这一教派创始人宗喀巴大师的诞生地。

汽车刚在鲁沙尔镇边缘停住，早已等候在那里的导游陈小姐敏捷地跳上了车，并一个劲地催促说："动作迅速点，快关门了。"

塔尔寺占地面积 600 余亩，它的数十座殿塔在幽深的莲花山坳里依山势起伏，交相辉映。雄踞全寺中心的大金瓦殿，金碧辉煌，规模宏阔，是塔尔寺的主建筑。它与明柱素洁、气象庄严的大经堂以及各具特色、错落排列的弥勒殿、金刚殿、释迦殿、文殊殿、长寿殿、下下酥油花院、跳神舞院、僧舍等形成一组形式独特，布局严谨，融合汉藏特点的宏大建筑群。

塔尔寺不仅以瑰丽壮观的建筑艺术闻名于世，而且是藏族宗教、文化和其他艺术的宝库，难以计数的大小佛像，无不造型优美、气韵生动，琳琅满目的法物圣器，或饰金流翠，或浑璞无华，不少稀世珍品，雕版印刷的宗教典籍和藏文文法、哲学、历史、医药、历法等著作，均有较高的研究价值。被誉为塔尔寺"三绝"的酥油花、壁画和堆绣，更是藏族艺苑中的奇葩。各种喷焰宝饰、经幢、法轮等也极为富丽华美。

拜谒出来步入大经堂外廊，只见 30 多位年长约 70 年、年幼仅 3 岁的男女藏族同胞手捻佛珠，一次又一次地向着佛像行五体投地的膜拜礼，据说藏族同胞每年都要不辞艰辛地赶来膜拜一次。望着因长年被人膜拜，脚下石砖上凹陷的一辙辙印痕，我默默地为他们祈祷：心想事成。

宗教是信仰也是文化，不同时代不同地域的文化决定了社会文明的发展程度，所以用先进的文化影响人感召人鼓舞人，任何时候都显得尤为重要。这是我拜谒塔尔寺后的感想。

小站

　　铁路小站，对于现在的年轻人来说，可谓是陌生而遥远的。而对于我们这一代铁路人，它却是难以忘怀的，是记忆，是思念，更是一缕深情……

　　铁路在建设之初，就规划设计有许多小站。全国运输区域分布网络中，按照铁路客运货运量的大小，以及稠密分布情况，设置了特等站、一等站、二等站、三等站四个等级。小站是车站等级中最小的一个单元，大都建在铁路线网的乡村小镇或工矿所在地，集散当地的客流与货流向外辐射，也便于老百姓的生活与出行。因此小站需要，铁路上的各类工种，工务、电务、车务、水电诸行业都在小站设有车间工区。许多的铁路人一辈子服务于小站，生活在小站，有的几代人成长于斯，工作、生活于斯，久而久之形成了一种小站文化。小站长长的站台，孤零矮小的房舍，冷清寂寞的生活，与小站铁路人的人生，他们的青春与希望，奋斗与拼搏，爱情与婚姻，苦涩与欢乐，枝蔓缠绕般纠结在一起。

　　那时候，小站每天都有一两趟南来北往、东行西去的客运慢车停靠，停点二至四分钟不等，供旅客在这里乘降。不经意的这短短的几分钟，常常是小站职工美好的时刻。车务段职工 A，技校毕业后分配到了一个叫岭上的小站当扳道员，他的技校同学女朋友则分配到客运段，值乘停靠岭上站的一趟慢车，每天列车停靠的时间就是他们约会的时刻，风雨无阻，寒暑不辍。每次见面时，A 都给女朋友采摘一束乡野间的鲜花，送上些当地的特产小吃。见面后，他们只能说上三两句话，女朋友每次催促他抓紧办理调动手续，好回城完婚。可是时光一年年过去了，A的调动申请始终得不到批准，而A的工作则从扳道员晋升为信号员、调度员、站长，工作压力与责任越来越重，头上的黑发渐次霜染，他也没能调离小站。而女朋友也因客运慢车取消岭上站的停靠而去了远方。多年来，A在为女朋友购买土特产品的过程中，与小镇小卖部的阿翠姑娘结识、走动，互生好感，产生爱情，结婚后便把家安在了小站。电务段职工B在分配工区时，他只提出一个小小要求：离城市近点。拿到调令时，上面白纸黑字写着"新市"站工区，他高兴坏了，背起行李兴高采烈地去了，到工区一看，是个偏僻的四等小站，"新市"只是个地名，工区就设在这个叫"新市"的小站上。B明白了，不是凡有"市"的地名都是城市，都与繁华热闹联系在一起。尽管他有满腹委屈，可组织决定了，既然来了就在这好好干吧。他从最基本的轨道电路学起，一直干到最新的电气化微机联锁设备，从一个信号工干到工长，并在小站安了家。工区的职工换了一茬又一茬，唯独他没有离开，除夕之夜为了让其他职工回家过年，他坚持在小站工区值班，一干就是四十多年，直到退休。他说：当他看到一列列火车从小站疾驰而过，仿佛就是自己的生命在飞翔，理想在腾跃。

提起小站，有些事真不是笑话，许多职工干了一辈子铁路，可他们除了上单位所在的城市开会、领材料外，再没有去过更远的地方，外面的世界于他们是陌生的。他们没有去过省城，别说天南地北游山玩水了，有的甚至没有坐过火车卧铺，更别说高铁了，一辈子像颗螺丝钉被拧紧在小站上。当高铁建成时，站段的主事者们提出让部分职工家属，也包括少数小站的职工家属代表免费在管内乘坐一次高铁，让他们切身地感受铁路事业的发展，增强对铁路单位的认同感与自豪感。不失为亲民的措施。

小站也曾繁华热闹过。二十世纪六七十年代的小站是个小社会，站区的住房、食宿、文娱体育场地、卫生所一应俱全，每半个月生活段的服务车还开进小站，为职工送上生活物资，偶尔，俱乐部的电影队也会下来放电影，小站各工种之间的篮球、羽毛球比赛也时有举行。那时，当地的村民老百姓羡慕铁路，向往小站生活。随着城镇化进程的发展，职工们的生活质量越来越高，诸多的不满足显现出来，住房永远是低矮破旧且年久失修，子女上学没有成建制系统的学校，从小学到高中都要南征北战走方圆几十里，时有辍学的，所以小站职工最担心的是孩子们的教育。职工年纪大了，治病就医也是个大问题，小站附近的乡镇大都缺医少药，职工公费医疗单位都在城市里，看个病拿一次药不是汽车就是火车，要折腾一天甚至几天。特别是小站停开慢车后，矛盾愈显突出。

小站落寞了，衰败了，如同霜后的鲜花青草日渐色淡容衰。货运业务门对门的发展，村村寨寨通公路，交通便捷畅通，几乎把铁路的货运业务给抢走了。汽车的家庭普及与高铁的飞速发展，许多普客列车停开，小站客运业务更是萎缩。小站所承担的许多职能烟消云散，许多的"站二代"也纷纷离开了小站，离开了父辈为他们经营的小站生活。

但小站不能走，铁路没有被废弃，小站仍挺立在风雨中。

烟缘

纷繁世界，人的性格千差万别，嗜好亦各不相同，有人爱喝酒，有人好听戏，老余头唯一的嗜好是抽烟。

袅袅升腾的烟圈，吞吐出不尽相同的人生。

老余头，名太寿，年近花甲。打 20 世纪 50 年代从战场下来，就与铁路货运工作结下了不解之缘。斗转星移，光阴荏苒，眨眼 30 个春秋过去，从值班员到分局货运科科长，从科长到大站分管货运的站长，无论哪次岗位变动，他都没有离开过这被有些人认为是烟酒不愁的"近水楼台"。而老余头自有他做人的准则、自己的操守。

瞧！老余头又打开了烟匣子。他毕恭毕敬地，把一支支"湘南"分发给同室的烟民。

"余头，你这是诉苦呀！堂堂站长抽这种烟，就不怕掉身价？！"不知是哪位爱逗趣的同事又在调侃老余头了。这样的揶揄或玩笑，老余头并非第一次听到。对此，他总是报以沉默。用沉默回答世人的恭维、吹捧和讥讽，是老余头近年来养成的习惯。

是余站长生活拮据，还是他买不起好烟呢？回答自然是否定的。

一次，一位外地货主有批运到广州的货物在该站中转，由于没有事先申报车皮计划，一连几天，货主像热锅上的蚂蚁。对此，老余头瞅在眼里，记在心里。他把货主找来，认真地审定了要车申请，随后，他打了个电话。因为十几年分局货运科长的"脸面"，车皮自然是弄到了。货主的物资准时到达了广州，厂家因此免去了数千元的违约金。货主感激涕零，也想借此抓住这棵"摇钱树"，于是乘着夜色，提着四条"洋烟"溜进了老余头的值班室。

"咋的？我就值这几条烟……"平时很少生气的老余头，遇到这种事总是青筋暴起、脸色青紫，好像被别人打了两耳光似的，硬是把货主连人带烟轰出了门。事后，有人向老余提起此事，他还怒气未尽地嘟囔："烟价涨了，做人就能没有尊严吗！"

类似这样的"烟缘"，不管是作为货运科科长，还是站长，就像每天要看到阳光或风雨一样，是司空见惯的事。谁数得清，谁又记得清呢？据老余头说，这30年来，只要在烟、酒面前眨眨眼低低头，家中也决不亚于某某局长们的"酒河""烟山"。"但是，我是不能那么做的！"当老余头讲出这句铿锵有力的话时，我看到了他眼神的坚定。

曾几何时，送烟风气盛行，像那腐蚀灵魂、软化骨骼的潜流，在社会上悄悄地流淌。市烟草经销公司是货场近邻，每年烟草公司都要在老余头的帮助下，弄来车皮，把各种不同等级、牌号各异的香烟运往邻省地市，净收入数千万元。滴水之恩，当涌泉相报，可这几乎成了每任经理的"头疼事"。送钱，这是断然不敢的，他们知道老余头的脾气，处世泰然又公正廉洁。唯一的希望是老余头前来要烟，可是，老余头像揣摩透了他们的心思一样，就是不去。他宁愿到个体烟摊去买"湘南"，也不愿意去给人家添麻烦；宁愿自己千般辛苦，也不让人家一时难。这是他为人的准则。

老余头又抽烟了，烟圈在空中升腾，变幻着各种奇诡的图案。我们看到了一张张大红烫金的证书：优秀共产党员、先进工作者、廉洁领导干部……

破烂王

起初，他只是觉得可惜，就每天背起畚箕，在上下班的路上和工作之余，顺便将铁路旁的螺帽、道钉等带回到列检站修料库，一垛垛、一堆堆地码好，以备修车时当"替补队员"。人称"破烂王"。

有一天，他发现一眼望不到边的火车站场内，被自己长年"顺手牵羊"，居然几乎再没有搜寻的"目标"了。

后来，他去了长沙、湘潭、醴陵，一留心，发现沿线也有不少的破铜烂铁，觉得太可惜，让人心痛，于是一个收捡破烂的计划，便在脑海里形成：以株洲为轴心，以处在京广、浙赣、湘黔三条铁路线上的长沙、湘潭、醴陵等地为圈，来一个"大扫荡"！

以后，他生活中所有的节假日，所有的工休时间，都纳入了他的"扫荡"计划中。

在烈日下，在风雨中，在股道旁，在修车场，总能见到他那外弱内韧的身影，像一张执着的船帆，向着信念的彼岸移动、靠拢。于是，只见一颗颗道钉、一块块垫板、一截截断铁、一根根闸瓦钎被"吸入"他的畚箕，然后堆码成一座座小山，也堆码出他的人生目标。

然而，他并不满足。那天，春雨如织，缠缠绵绵，刚下晚班，疲倦紧裹着的身躯，双腿像灌了铅似的沉重。按理，该休息了，可是仿佛有一个约会，他抖抖精神，洗过澡，又自然地背起畚箕，走了出来。从株洲来到醴陵站，东瞧瞧，西瞄瞄，生怕有半颗道钉漏掉。

在风雨中，不知走了多远，不知弯了多次腰，他终于强撑不住了，晕倒在扳道房前，一缕鲜血从口中呕出……这时，早就留意他的扳道员一边责怪，一边把他背进扳道房。

"你这是何苦？就依靠这些个破铜烂铁来生活吗？"扳道员嘟囔着，责怪起他的贪婪来，以为他是个不要命的捡破烂的小老头。当知道他就是吴谋其，一个远近闻名的省劳模时，扳道员的眼睛湿润了，忙端来了热茶、热饭，又把他送上返回株洲的火车。

当踉踉跄跄、跌跌撞撞回到家时，胸口又是一阵猛烈的绞痛，"哇"的一声，又吐了一大口鲜血。老伴见状，心如刀剜，急忙上前一把搀住他，又心痛又可怜又气恼，责怪着老伴的"傻气"。

就这样，冬去春来，任凭说长道短，无意流言蜚语，他以"破烂"为伴，整整当了20年的"破烂王"。

人家捡破烂卖钱发财，他却无私地上缴，为铁路收旧利废创收，21700多元钱，相当于他10年的工资！

功高自有评说，人民没有忘记他。

这些年，他被评为了湖南省劳动模范、广州铁路局"七·五"排头兵。有人说，你该休息了，好好地安度晚年，陪陪老伴，别再当"破烂王"了。可他还是一如既往，背着畚箕出现在人们眼前，好像那些破钢烂铁才是他最心爱的"宝贝儿女"，那只畚箕才是日夜厮守的"老伴"。

这就是你啊，吴谋其！

城陵矶

"城陵矶"是个地名，准确地说，是个港口。

参加工作之前，它对于我是完全陌生的，从没想过自己与它还能发生交集，更没想到，它竟然是我人生中无法选择的一个驿站。

我参加工作被分配到了株洲铁路，心中好生欢喜。小时候，疼爱我的外婆随小姨家就住在株洲田心机厂，每年的暑假，我都要到株洲来看望外婆。株洲宽阔整齐长长的街道，星罗棋布如雨后春笋般挺立的工厂，四通八达便利的交通枢纽，丰富而健全的城市生活，给我留下了深刻的印象，也强烈地吸引着我，小小年纪就暗暗在心底发誓，长大后我要到株洲来工作。人生怕就怕没有梦想，儿时的"南柯一梦"，居然在多年之后得以实现。当我穿上铁路蓝色的工作服在株洲上班后，第一时间便是赶到田心机厂向外婆报到，年迈的外婆别提有多高兴，嘴角都笑得翘上天了。

一个月的培训期结束后，分配工种下到车间时，我的调令上冷冷地写着三个字"城陵矶"。原来，我参加工作的株洲车辆段管辖地处岳阳郊区的城陵矶列检所，它是一个下属车间。无奈的安排，一时间欲哭无泪。

城陵矶地处天下闻名的岳阳楼旁，儿时曾吟诵过"昔闻洞庭水，今上岳阳楼。吴楚东南坼，乾坤日夜浮。亲朋无一字，老病有孤舟。戎马关山北，凭轩涕泗流"诗句，让我对岳阳楼心生崇敬却久未曾拜谒，正好歪打正着，撞入它的怀抱来了，心中的不悦得以释怀。

其实，城陵矶在地理意义上的地位是十分重要的，它是洞庭湖汇入滔滔长江的入口，也是长江边重要而繁忙的水运港口，无论是经济上还是军事上，城陵矶历朝历代都是兵家必争之地。

城陵矶车站在京广线上是个重要的编组站。是日，我从株洲坐火车来到城陵矶列检所报到，刚下车，映入眼帘里的是一个偌大的站场，三四十股股道横向排列至山峦深处，几乎看不到边际。每一股道上停放的列车，有南来北往暂时停留的，也有等待着编组的。站场的南北两端，有横跨东西的高架天桥，天桥上装置有各种探照灯、天灯，还有广播喇叭等，夜晚各种灯具一应打开，如同飞泻出一条条灿烂耀目的银河，把整个站场照得如同白昼一样明明亮亮。编组站的南北两端或站立或耸峙着各种信号灯，红的、绿的、蓝的、白的，五彩缤纷，璀璨闪烁，俨然一排排哨兵站岗放哨。出发线上南北两头的列车威武雄壮，正整装待发，左右两边各四个一人多高的红色车轮的蒸汽火车头，呼呼地喘着粗气，喷洒出乳白色的雾气，云雾缭绕；气势恢宏，待到前方的信号灯放射出一束绿色的光，值班员挥动旗帜发出开车信号后，火车司机拉响高亢的汽笛，列车轮子便开始滚动，轰隆轰隆地出发了……

作为一名检车工，我每天迎着晨曦，夜晚伴着星辰，手中的锤子叮当叮当，辛苦忙碌。无论是骄阳似火还是雨雪肆虐，我们都在岗位上巡检，所谓晴天晒得霜打茄子，雨天一夜淋得落汤鸡。我无法选择，但城陵矶选择了我，我不能退缩。我心中还燃烧着理想的欲望，便利用工余时间拼命读书学习，企图用知识改变自己的命运。

偶尔的消遣就是出去走走，到城陵矶港口去读读长江。伫立堤岸，看辽阔的江面，看大江东去，舟船往来，百舸争流，心中鼓荡起信心与希望。长江从高山大岭间走来，越过百般险阻，始终不改初衷，朝着既定的方向奔去。我们的民族也历经磨难，如长江一样，不断奔腾，不断壮大……读江就是读历史，在这阅读中增加能量，使自己在艰辛与磨难中成长，这是城陵矶给我的启示。

144

这样，我成了城陵矶的一分子，城陵矶与我的生命、理想、青春和爱情水乳交融地联系在了一起……

进入高铁时代以后，铁路网新布局完全颠覆了我们原来的概念，曾经声名显赫、举足轻重的京广铁路线慢慢步入了生命的暮年，我不知城陵矶站现在还好吗？

生活强者

清晨或傍晚，在我每天上下班必须经过的那条窄窄的巷口，总要与她相遇——那个失去左膀左腿、行走艰难、身形佝偻的女性。她，就是戴碧蓉，一个二十世纪六十年代轰动全国的名字，她以舍己救人的壮举谱写了生命的赞歌。那时，她年仅 11 岁。

几十个年头过去了，当年她从滚滚车轮下救起的少男幼女，如今已出落得或亭亭玉立或风流倜傥，他们一定还没有忘记人生旅途中惊心动魄的那一刻，也一定记住了这位赋予他们第二次生命的大姐姐。而她，几十年来，拖着残缺的身体，凭着执着的信念，从炫目的英雄光环里走出来，直面人生，淡泊生活，做生活的强者，再次以自己不凡的举止诠释了"英雄"的内涵。

她是大名鼎鼎的英雄，也是女人和母亲。婚后不久，命运就和她开了个苦涩的玩笑：她心爱的孩子由于先天性心脏病，在世界上只生活了短短的时间，就被夺去了生命。这个打击不亚于当年她被飞轮夺去臂膀——孩子是母亲身上的肉呀！此时，不少人议论说：小英雄垮了，彻底地垮了。然而，小戴是坚强的，她默默地吞咽着苦痛，默默地擦拭着心口的血迹，工作一天也未搁下，上下班从没迟到早退过，常年风里来雨里走。工作尽管平平凡凡，但热情炽烈如火；生活尽管坎坎坷坷，但信念却始终不移。凭着她的勤勉、热忱、努力，赢得了株洲工务段上上下下的一片赞扬。不久，她在鲜红的党旗下庄严地举起了右手，实现了她人生的又一次的升华。

146

小戴不仅做好本职工作，还不断学习充实自己。从二十世纪八十年代初起，她爱上了宣传报道工作，每日拖着残疾的躯体学习和写作到深夜。写累了就休息一下继续写，坐着不方便就站着，一次写不好就写两次、三次，往往一篇通讯稿子她要耗费几个星期的时间。功夫不负苦心人，她的稿件被采用了，先后在《人民日报》《湖南日报》《人民铁道》等全国十几家报刊发表通讯和消息近百篇，多次被评为优秀通讯员。

　　工作、事业上她是强者，家庭生活她也是能人，是好妻子、好母亲。丈夫是株洲工务段的司机，经常出差在外，她克服了许许多多常人想象不到的困难，以失去平衡的身体，用一只右手，学会了洗衣、做饭、织毛衣、绣花、包饺子，硬是把小日子搞得红红火火。丈夫外出的夜晚，她料理完家务，便辅导4岁多的孩子练书法，边练边学，母子共同进步。现在，她的翰墨文字功夫在工务段还小有名气哩。

　　去年，她被评为全国自强模范；今年，她又兼任了段福利工厂的厂长和"关心下一代委员会"的理事。她很忙、很累，但心里却是甜蜜蜜的，这有她每日挂在脸上的微笑作证。

防空洞

防空洞，对于现在的年轻人可能是个冷僻的字眼，而对我及我们这一代人来说，却有着鲜活的记忆。

查阅资料，第二次世界大战期间，德国、英国为防备敌人空袭，曾挖掘了少量的防空洞；后来，香港、台湾都有挖掘防空洞，利用其发展生产的记载。中国历史上挖防空洞的记载，最早是在抗日战争时期，我们利用防空洞进行地道战，歼灭日本鬼子。到了二十世纪六十年代，全国各地广泛修筑防空洞，一时之间成为社会热点。

我所见到的最气派、功能最完善的防空洞，莫过于韶山的"滴水洞"和赤壁的"301"了。此两处防空洞的故事版本纷呈，有许多传说的牵强附会，但不管哪种传说版本，都说明防空洞在当时的意义与社会影响。

在记忆中，与防空洞联系最紧密的时间，是在我参加工作的时候。

说到铁路可谓说来话长，少时认识的铁路，是铁路列车上喷香的铝盒饭、蓝色的铁路制服，喘着粗气、喷出浓雾的机车。我早就暗暗地下决心，要到铁路来工作。中学时期，修筑铁路的炮声震醒了我生活的小镇，在大街小巷偶尔与穿着铁路制服的修路工人相遇，让我景仰羡慕，觉到心中的梦想正蹒跚地向我走来。

我真的被铁路招工了，心中的梦想如愿以偿。但是到单位上班后，我穿上了蓝色的工装，第一天上班却是挖防空洞，这与我的希望拉开了距离。记得那天随工人师傅下到长长的窄窄的防空洞工地，这里光线暗淡，空气稀薄，看不到信号灯闪烁的铁路轨道，也没有喧嚣的铁道站场，更没有熙熙攘攘的旅客人流，只有挖洞需要的锄头、钢钎、锤子、扁担、筻箕等工具，猛地，我沸腾的热情降至冰点。

带我们挖防空洞的师傅姓余，五十岁开外了，高高的个儿精瘦精瘦的，但显得精干，特别是一双眼睛炯炯有神。八点上班点名，他大概七点半就到了，做好了各项准备工作后，拿着花名册就过来了，没有什么客套，也没有相互熟悉、认识之类的开场白，直接就张三、李四地点名了。我是准时到的，不少同学以为是第一天，没那么严格，纷纷迟到了，有一半没有到。余师傅不气不恼，简单地分配了工作，各小组就进洞挖掘去了。中午收工时，余师傅又点了迟到者的名，告知他们留下加班半小时运土，不然下午没有继续掘进的工作面。这种强调遵章守纪，不允许无故迟到，不点名批评而是惩罚式劳动的做法，是用部队训练新兵的做法，也是铁路半军事化管理的手段。这无疑给我们上了铁路工作的第一课：服从分配守纪律。

我们挖了一个月的防空洞，对于我们来说，没有什么技术问题，主要是要养成良好的工作作风，强化安全意识和集体观念。每天准时上工到点下班休息，恍惚有些刻板简单，但他磨炼一个人的意志。我不知道我们的所作所为，带班的老工人余师傅给我们打了几分，但一个月来余师傅的一言一行给我们留下了铁路工人的美好印象！

锤声叮当

坐过火车的人大都见过这样的情景：南来北往的绿色长龙在大地上奔驰，轰轰隆隆、铿铿锵锵，每到一个车站停靠或中转时，从列车的尾部会下来两名手持榔头，把盏手电筒的车辆检查人员，对列车从前至后，从左至右，上上下下，或低头敲击或高处查看，进行检车作业。有时伸手摸摸轴温，有时铁锤叮当敲击……静寂苍茫的夜空响起清脆悦耳的叮叮当当的锤声，如欢快的小夜调，如诚挚的慰问曲，为寂寞的旅程送去问候，给单调的旅途送上平安。

这就是车辆钳工奏出的曼妙音乐！

记得招工分配工种时，念到我的名字后，还附上了一句"车辆段车辆钳工"。开始我并不知这车辆钳工是干什么的，未参加铁路工作前对铁路内部工种的认知和社会大众一样，只知道驾驶钢铁长龙的火车司机，他们从火车头窗口伸出头瞭望信号，戴着工作帽，脖子上围着一条洁白的毛巾，前方醒目闪亮的绿灯开放时，果敢向前推动大闸，火车发出震耳欲聋的一声长鸣，呼哧呼哧地喘着云雾蒸腾的大气，八个红白相间的车轮滚动起来，列车开动了；只知道车站的服务员，寒来暑往、夜以继日地在候车室售票验票，个个年轻漂亮，装束整齐，动作标准，服务热情；只知道工作在红绿蓝白各种颜色车厢里的客运员，一下子北京、上海，一下子西安、广州，穿行于祖国的大好河山，羡慕她们风光潇洒，能走遍美丽的山川……其实铁路是个大联动机，还有许多人们看不到，更不了解、不熟悉的工种和职业，比如负责车辆检修的车辆钳工、维修

150

信号的电务职工、线路维修养护的工务职工，供电供水的水电职工等，这些都是铁路上不可或缺的工种，但路外人鲜为知晓。

我当上车辆钳工后，才知道车辆钳工和铁路其他服务性工种不一样，是个技术工种。其他铁路工种学徒只需三个月，而车辆钳工的学徒期是三年。这说明这项工作对从业者的技术水准、业务技能，到人身修养都有更高、更严格的要求。上岗以后，车间给我配备了一个师傅，个子不高，精精瘦瘦的，一双眼睛不大但炯炯有神，是一名车辆专业的中专生。他对工作不仅认真而且肯于钻研，特别是对车辆故障的攻关克难，尤其喜欢花时间琢磨。此后，我跟随师傅学艺三年，每天与师傅朝出晚归，师傅手把手地言传身教，让我受益良多，除了业务技术上的长进外，师傅在品行操守、处事做人方面，也给我做出了榜样。

列检工作属于室外作业，酷暑夏日在太阳的烤晒下，周围又是烤箱式的铁皮车辆，股道内蒸腾着热气，不干活都是大汗淋漓，更别说还要爬车棚钻车底了；天寒地冻的冬季，哪怕是下大雨落冰雹，我们都要准时地检车作业，不能有丝毫的马虎懈怠，经常检完一趟车，人都冻得像冰凌一样。尽管如此，我别无选择，只能倾心去熟悉，去热爱这份工作。不久，我爱上了检车时铁锤敲击车辆配件发出的声音，在茫茫的夜深处，无论是风狂雨注，抑或皎月当空，偌大空旷的铁路站场不时从不同方向、不同地点响起一阵阵锤击声：叮当当……叮当当……那是多么美妙的音乐啊！是多么动听的天籁！

检车作业时，要胆大心细。一次，我们在检车时发现一辆轴温偏高的车厢，按常规检测后，发现轴温还是没有降低的迹象，按一般处理，就要甩车维修，研磨轮轴，而车上装的是应时鲜活货物。正值高温暑运大会战期间，保运输保任务保安全是重点，但是这里却有个矛盾：车厢从列车编组中甩出来，放在炙人的烈日下编组两天，车上的鲜活货物肯定要损失惨重。押车员也急得如热锅上的蚂蚁，跟着我们苦苦哀求。师傅考虑了很久，决定不甩车维修，而是检车人员护送此车去目的地。方案确定后，师傅安排人抓紧时间准备黄油、油棉卷、机油等物品，联系车站调度把这节有故障的车厢重新编组挂在守车的前面，便于我们一路进行检测，处理轴温过高可能引发的事故。

准备妥当后，列车火车头高昂地鸣叫了一声，缓缓开动了。列车沿着逶迤曲折的山路一路向前，我们站在守车前面的平台上，尽管两边风景秀丽，景色宜人，但无暇欣赏，两眼盯在带"病"行进的车轴上。大概跑了七八十里，火车在一个小站停靠待令，我和师傅赶紧下车，用手触摸车轴，已经烫手了。师傅迅速打开轴箱，添加黄油，更换油棉卷，进行紧急处理。短暂停留后，列车继续越山岭爬陡坡，过隧道跨桥梁，在铁路线上奔驰，天色向晚了，在昏暗中看见故障车散发出缕缕热气，且越来越大，越来越炽热。我们静观其变化，大概又行进了一段路程，快进入前方小站停车时，轴箱突然冒起了火焰，愈烧愈烈，好在列车也慢慢悠悠地停了下来。师傅急命我用一大块湿布赶紧去捂灭轴箱的明火，又打开轴箱重新把油棉卷、机油清洗、更换一遍，再用黄油把轴箱严严实实塞满。列车又开动了，一路上，我的心都跳到了嗓子眼，快蹦出来了，我害怕再起大火，烧着整个列车。因为列车在运行中起了火，风力简直就是鼓风机、助燃剂。好在胆大心细的师傅从容镇定，分析判断得当，闯过一关又一关，平安地把故障车送到了目的地。

工作着是美丽的

岁月的年轮，风驰电掣，晃眼又迎来新世纪。

在辞旧迎新的岁月中，在繁忙畅通的铁道运输线上，有多少人付出艰辛，付出汗水，牺牲了小我的休息与团聚，在各自的岗位上像螺钉一般恪守着职责，保证旅客列车的安全正点，这些，是我们必须铭记的。

他们的记忆里，也许没有节日，没有欢聚，有的只是对旅客的责任，职业的操守。

信号工区的工长蓝国文，有多少个元旦、春节，是在值班点巡视设备、加班加点度过的，他已经都记不清了，总之有许许多多。然而，这"许许多多"四个字，相对于成千上万南来北往、回家过节的旅客的平安抵达，又是何等的不重要。

小蓝告诉我，自从参加铁路工作干上信号工开始，为了保证铁路的安全运输，几乎每年的节假日，他和他的伙伴们都是在孤寂的工区巡视值班，节假日不休息已成了信号工的"标配"与生活的常态。当看到老百姓家里欢声笑语，一团融合的幸福氛围，当看到列车上一对对情人兴高采烈地出游，心里就感到既高兴又安慰，正是因为有铁路工人坚守在各自的岗位上，才能有人民群众的团聚、出游。这些质朴平淡的话语中，闪现出心灵的光彩。

机车信号西场看车点上的姑娘们，她们忙碌的身姿更是新年到来之际一道亮丽的风景。一群纤小羸弱的姑娘妹子，在家里是掌上明珠，是金枝玉叶；在丈夫眼中是艳丽鲜花，是皎月星光，心灵的港湾。到了工作之时，她们爬机车，钻车底，轻巧敏捷，俨然燕子轻飞，全然不是娇弱模样；"四班倒"的工作，一身油泥一身臭汗，轮到了新年佳节上班，撇下父母、丈夫和孩子，谁嘴里都不会哼出半点怨艾。她们知道，没有咱们一人苦，哪有他人万家欢？

客运列车上值乘的夫妻，在铁路线上不算少数。常年的客运值乘工作使他们聚少离多，小孩也无人照料，节假日里，他们只能把小孩当作"快件"传来递去。

京广线上星罗棋布的小站，还有那么一位扎根小站三十年如一日的工班长罗清华。当年懵懂少年，怀着好奇来到铁路，分配工作时，他只要求分到离市区较近的工区就行，分配方案下来了。他分到了"暮云市"，高高兴兴地背着行囊去了，到了那里一看，"暮云市"并不是一座城市，不过是京广线上一个不起眼的小站。他满腹的委屈，可组织既然决定了，他二话没说，就在工区放下了铺盖，一干就是大半生。三十多个新年元旦，为了让家在远方、家在城市的员工回家过节，罗工长就守在工区。三十多年里，工区职工换了一茬又一茬，罗工长还是罗工长。他对我说，在他脑子里几乎没有过节过年的印象了，上班就觉得很快乐。

是啊，工作着是快乐的、美丽的，这是铁路人共同的心声。

接头暗号

现在网络上谍战片联袂上演，风云诡谲，危机潜在，杀戮四伏，很是刺激人的神经，吊观者的胃口。我的亲身经历中也有一段如谍战片一样的情节，在不同时期以不同的身份扮演着迥异的角色，故事情节精彩，人物命运跌宕起伏。

二十世纪七十年代末期，我才二十岁出头，因为写了一两篇文章被报纸刊用，"崔建平"三个字第一次被变成铅字，人们知道后便产生了蝴蝶效应，被上级组织相中抽调到铁路局宣传部门从事文字工作。那时各级组织都要召开声势浩大的"工业学大庆先进表彰大会"，为了发现典型，让我充当"猎头"，去一个火车拖来的新城去总结经验材料，就是俗话说的"笔捧"。我是个新人，阅历不深，人脉不广，对方单位也是个新单位，彼此互不认识，要去完成此项任务，组织上只给了我一个单线联系的"接头暗号"。

于是乎，我只身登上了西去的列车，B城是一座火车拖来的新城，并不发达，因此列车上也是空荡荡的没什么旅客。我倚在列车的窗口向外望去，时至隆冬季节，山峦村落已罩上一层薄薄的霜，肃穆而沉静，田野里庄稼都已收割了，空荡荡的，树木叶片大都凋零孤瘦的，水塘山溪干竭，毫无生气，如同我此刻的心境。

随着行驶的车轮，我的思绪也飘得很远很远……

高中毕业去农村后，我都在勤奋地读书写作，为心中的理想默默地努力着。参加工作不到两年，本想好好地写点东西，施展写作方面的才华，实现自己的"作家梦"，鲤鱼跳龙门，不承想刚发表两篇小"豆腐块"，就惹了这等差事，虽说也是笔墨差事，但不是自己心中的"文学"。不想做这样的事，可又不能打退堂鼓了，硬着头皮应付吧。

B城火车站到了，我把"接头暗号"整理好：着蓝色上衣，背黑色人造革提包，拿把红色雨伞，随着下车旅客人流往出站口走去。许是天没下雨而擎把红色雨伞特别显眼的缘故，刚出站就被两位接头人拦住了，互问姓名对上号了，我上了停在广场坪里的汽车。

我所采访的对象是一位大学毕业的工程师，放下大学生的架子，埋头扎根铁路小站工区，用自己的知识和技术，攻克电务信号技术难关，为安全生产保驾护航，一个科技保安全的故事。我与他在僻远闭塞的小站工区，同吃同住，朝夕相处，采访了工区老少职工，到工区所在的小镇工务部门调查了解，一份五千字的不恋城市扎根工区，不慕繁华甘于寂寞，用知识攻坚克难保安全的先进人物典型材料，很快就杀青交稿了。在年底路局召开的工业学大庆表彰大会上，他一炮走红成为安全生产标兵，树为全路的典型。在文凭风盛行的年月里，几年的时间他青云直上官至高位，有人说他的事迹感人，成就了他的辉煌，有人说是我秀才文章锦绣，妙笔生花。两者都有吧，其实，准确地说，是时代成就了他。

铁路情缘

　　小姨从湖南师大毕业后，分配到株洲铁路田心机厂，成为新一代的铁路职工。传过来的信息是，坐火车不花钱，每年还有铁路制服发放，别在胸前熠熠生辉的红白相间的铁路路徽让人羡慕嫉妒，特别是冬装是深蓝色呢制大衣，大盖帽好不威风神气。"铁路"这个词，很早就进入了我脑海，让我莫名地向往。后来外婆随小姨家住在株洲田心机厂，于是每年的假期，我都要去株洲看望外婆。每次，坐上开往株洲的430次列车，不论是饿还是饱，必定要吵着嚷着吃一份铁路盒饭。那时的铁路盒饭是用个铝皮铁盒装着的，灼热滚烫的，还有些烫手，小炒肉油腻腻的，特别好吃。那时正是三年困难时期，吃着盒饭有种做梦的感觉，仿佛已不在人间，而是在仙境。吃饭用的是铝制小勺子，一勺一勺地送进嘴里，大口吧唧，盒饭吃完，口沿残缺的铝制盒子里，还有一层肉油贼亮闪光，都被我舔得干干净净。

　　那时我们家还在湘西农村，小镇没通公路，铁路更是奢望。直到有一天，小镇上来了许多着劳动布工装，胸前印着个大大路徽行走的筑路工人，才感到梦想中的铁路正向我们翩翩走来。当听到修建铁路的第一声炮响，我对铁路向往的种子，正在拱土发芽，我好想到外婆居住的城市去当火车司机啊。其实，我也知道那只是我一厢情愿，不过，算是一个梦吧，让我有了美好的憧憬。

　　我在农村干满两年的时候，老天爷终于使我美梦成真了。广州铁路局为枝柳干线招工，我荣幸地一路顺利地通过了公社推荐、体格检查、政审等诸关，成了一名铁路工人。记得第一次在单位集体点名，发工作制服的那天，捧着印有铁路路徽的工作服，心里简直乐开了花。第一个周末，我就迫不及待地跑到外婆家，告诉她我参加工作了，是一名铁路工人了，并且被分配到了外婆居住的城市，一切都如愿以偿。年迈的外婆更是喜不自禁。以后的工作也算是风生水起，入党提干走在别人前头，分局路局机关也多次抽调，一切都正常地发展着。

我自豪，我是铁路人！

沿着一帆风顺的人生之路走着，但路途中也有着许多的诱惑。改革开放的前期，许多青年人南下广州、深圳谋职，去淘人生的"第一桶金"，我也不满足于每天模板一样刻板单调的生活，也想南下闯荡一番。好不容易找上关系去联系单位，对方是妈妈的中学同学，当时在某组织部工作，人家说：铁路系统不熟悉，说不上话，想来广东这边工作，就离开铁路到广东的地方基层干起。离开铁路？我犹豫了：铁路是大型国企，各种条件都十分优越，好不容易干上了铁路工作，也得到了组织的培养重用，刚过而立之年就已成为铁路基层干部，要我离开曾那么热爱的铁路职业，还是真舍不得，于是我便断了南下的念头。

我在铁路地区办事处工作时，曾在地区办的公司当经理。公司经营得不错，有可观的收益。几年后有关精神要求副业与主业脱钩，就是辞职下海，个体经商。当时是热门的选择，不少人纷纷下了海，当上了个体大老板。说实在的，这股风对我冲击很大，睁眼一看广州的、深圳的、长沙的朋友好多都干得风生水起，一夜暴富。仔细思考后我还是止步于经商门前，重新回到铁路办事处办公室当主任。现在想来还是心中对铁路有一份热爱。

进入 21 世纪以后，铁路实行改革，撤减机构整合资源，我们单位的通信业务划出铁路走向市场，成立铁通公司。当时班子里负责通信的副段长平时与我私交甚好，又看我原先从事过运输工作，路子广视野阔，也下海经过商，便诚心邀请我与他一起到铁通去发展。我考虑了很久，又是要离开热爱并熟悉的铁路，思虑再三我还是决定坚守铁路岗位。

也许离开铁路后随着市场经济的发展我的境遇会比现在好很多，也许是个成功的企业家了，但是几十年前对铁路的向往与热爱、冥冥之中与铁路的情缘再次拴住了我的心。就这样，虽有多次离开铁路的机会，我都没有与铁路分开⋯⋯

解读故乡

活了大半辈子了，当有人问我"你是哪里人"时，我都一时间犯犹豫，不知如何直截了断地回答。当我说出"我是沅江人"时，许多熟识我的人都会瞪大了眼睛，异口同声疑惑地问：你是沅江人？

说实在的，沅江于我不足三年春花秋月的时光，我与沅江是陌生的，然而又是熟悉的。

在洞庭湖，有那么一块凸现的水面绿洲，它被河汊、湖水围绕着，像一颗镶嵌在浩渺湖泊中的绿色明珠。这里果树婆娑，橙黄的橘子挂满枝头，汊港纵横，渔火点点……在树海浓绿之中，有几栋白色的低矮平房，呈品字形排列组成一个小院，这就是沅江血吸虫防治所。四十多年前，我以挣脱脐带的一声嚎哭，宣告我在这个世界的降临。

那时，妈妈刚从省卫生学校毕业，响应祖国的召唤，奔赴沅江血吸虫病防治所，这是血吸虫防治的前沿阵地。这也是她第一次离家，初来乍到的她，倍感思念和孤独。但腹中那个小生命的每一次蹬踢，每一缕脉跳都让她感到即将做母亲的自豪，这种感受冲淡了她的寂寞。

沅江是我的出生地。我出生在沅江。

后来，我在第一次填写履历表中的籍贯时，母亲却要我写上河南安阳。我觉得奇怪，我明明是出生在沅江，怎么要填写安阳呢？

原来，父亲祖籍河南，那里还住着我的祖父祖母。记得那年我们全家回北方老家寻根问祖，我和哥哥爬上祖母低矮破旧、褐色泥土筑成的房子屋顶上玩耍，哥哥不慎从屋顶上摔下来，好在地上是沙土，哥哥疗伤几日后又生龙活虎起来。人生中仅有的一次故居寻访，于我除了有许多的疑惑与新奇，更多的是生活饮食上的不适。我想，我毕竟出生江南水乡，青山绿水，难以忘怀。所以，以后填报籍贯时，除了十分重要的表格填写河南外，其他填写，我都是填写的沅江。

两岁时，我又离开了沅江，来到了常德的德山，在这里我度过了有记忆的童年时代，常德十几年的色彩斑斓的生活在我的生命年轮上镂刻上深深的印迹。我们的口音、生活习惯包括个性嗜好都有常德人的痕迹，所以这些年来，我都以常德人自豪，因为常德口音在此证明，尽管我们后来又去了民风剽悍的湘西，在那里度过人生最美好的青年时期。参加工作后又先后在株洲工作，岳阳成家，后来又在广州、长沙工作，岳父母又长期居住岳阳。可以说四海漂泊，多处安家，别人都无法从居住地判断我的故乡在哪里，我是哪里人。

三十多年后，我泛舟洞庭湖，由水路至沅江，去寻找那丢失多年的"胞衣"。早回沅江落叶归根的哥哥带着我在沙洲湖港中穿行，领略故乡的景致和变化，寻觅着与沅江结下的万缕情缘。我们走遍了血防所周围的每一棵橘树，踏访了这里的一条条河流，我仿佛听见了我降生之时那一声哭喊，仿佛触摸到了我与沅江在一起的心跳……

沅江虽然于我只有短暂的岁月，但我记忆中永远有那抹温馨绿洲……

出生在沅江，沅江便是我的故乡。

"三线" 寻宝

初冬的鹤城，温熙的太阳洒满这座火车拖来的城市……

一场弘扬"三线建设"精神，抢救铁路文化，挖掘人文故事，寻找铁路宝物的"三线铁路建设寻宝"活动率先在湘西怀化拉开了序幕。

（一）

铁路建设是"三线建设"重中之重的任务，所谓"兵马未动，粮草先行"是也。

立时百万民兵会战湘黔铁路的大会战打响了，来自湖南、湖北、贵州、重庆等省市的一百多万民兵为基本力量，铁道部的铁二局、铁四局、铁五局及铁道兵的大桥工程师、桥隧师为专业部队，在四面八方铺开了"三线铁路建设"会战的战场。

（二）

此次铁路文化"寻宝"活动是广铁集团收藏家协会组织来自长沙、广州、海口、衡阳、肇庆、茂名、怀化等城市的 20 名铁路收藏家们组织开展的，旨在探寻当年三线铁路建设的人文故事、老物件、旧设备的活动。他们分别组织了"枝柳线，湘黔线，怀化站区"三支铁路文化寻宝队，奔赴枝柳、湘黔铁路沿线的张家界、慈利、石门、通道、涟源、新化、会同、麻阳等站场、工区、桥驿、隧道，寻找老物件、旧文物。

清晨，睡梦中的城市刚刚醒来，初冬的晨风有些儿浸骨，大家循着历史的皱褶，沿着时间的幽径出发了……

第一寻宝队直奔怀化档案馆——这是个掩隐在茂密的树木丛中、养在深闺人未识的所在。档案馆的郑工接待了我们，开始，他很不以为然地怀疑我们这些寻梦者能在这甚嚣尘上的当下追寻到过往的铁路文物与宝贝。他很淡然地连声说道：我们这里没有什么，我们这儿根本就没有你们所需要的"宝物"。当我们打开位于三楼的资料三库，搬出湘黔枝柳修筑"三线铁路"的文献资料，这些文献资料涵盖上至"省指（湖南省三线建设指挥部）"下至市县区指挥部的文件、通知、通报等，门类分及"司令部""政治部""后勤部"，还有包括后勤组、食堂、医院等小单位小部门的各类文件、史料、印鉴等资料，一应俱全，丰富翔实，都是记录承载当年三线铁路建设最原始的文献资料。此时他自己都汗颜了，连声说："这里还有这么多宝贝啊？"我们则精神振奋，情绪昂扬地趴在那一本本、一卷卷纸张有些发黄弥漫着些许霉气的档案上，贪婪地阅读、摘抄起来。嗬！宝贝真不少啊！顿时，历史的风云，时代的烟雨，过往的故事，鲜活的人物像电影一样一幕幕、一幅幅从我们身边、脑海、梦中走过踏来……我们从大量的文献资料中领略了当年三线铁路建设的风姿与神韵。

第二寻宝队乘车沿枝柳铁路南下，先后到达会同、太阳坪、艮山口、靖州、通道五个站区，他们上信号楼、下站场，搜寻铁路的老物件，探寻了三线铁路建设会同指挥部旧址等历史遗存，感受到了三线铁路建设巨大的精神魅力！

八六一工厂，这曾是一百多年前，晚清名臣、湖广总督张之洞建造的兵工厂，是湘西山坳里最早的现代文明之光，后来在三线建设中八六一工厂为国家所用。他们生产的"白云"牌冰箱曾轰动一时，家喻户晓，为广大的人民群众带来福祉。队员们深入这里的每一条专用线，寻找过往的历史遗存，捡拾铁路的老物件，充分地感受浸润在时空间的历史文化。

（三）

寻宝队员们不顾年事已高，热情不减，持续升温。尽管冬天太阳不是那么炙热仍然是火辣辣的。寻宝队一路向北驱车四百多公里，深入枝柳线怀化以北的麻阳、吉首、张家界、慈利四个站区的工务、电务车间班组生产场所开展寻宝活动。枝柳线怀化以北这段去年已经完成了电气化改造，原三线建设建成的站房及生产设施场所被拆除，新设施设备投入使用，原来老的设备及生产用具基本被淘汰清除，几乎无存。但队员们仍不灰心不气馁，大有试与天公比高下的精神，到处仔细寻找，发现和找到了煤气灯、手摇电话、仪表盘、照明灯等生产用品老物件，发现了废弃的工务"重器"。在原吉首工务段段部的院子北头的菜地里，发现矗立一台高约四米的双轮摩擦压力机和四台功率不一的冲击锤，均为20世纪80年代以前工务修理厂处理废旧钢材的机具，锈迹斑驳，充满沧桑的历史感。在其不远的墙边，还有两台废弃的约3米长、2米高的工务大修发电车，均是难得的记录铁路一段历史的大物件。

李万云作为这次"三线铁路寻宝"的策划者和组织者，不仅宏观设计，而且亲力亲为参与其中。当有队员因工作原因不能参加时，他不顾车马劳顿奔波之苦，亲自跟着第二寻宝队一起下到枝柳线的各沿途小站工区与队员们一道寻找老物件，全然不顾自己年纪大，近来工作压力大、血糖血压升高的风险，带着药瓶奔波在湘西的山山坳坳。

在新化县史志办找到了当年"湖南三线建设"专辑（回忆录），内有丰富而珍贵的文献资料；在原新化工务段废弃的档案室，发现了大量20

世纪 70 年代的财务凭证、文件资料以及 4 个实木文件柜，造访了九二○指挥部原址。

（四）

当年三线铁路建设中，百万民兵战湘黔，没有任何工程施工设备与技术，也没有什么现代化的机械装备，全凭肩挑臂扛，硬是用成千上万根扁担，仅花了两年的时间就修成了湘黔铁路，靠的就是"艰苦奋斗，团结协作，吃苦耐劳，勇于创新"的精神，千千万万三线人献了青春献生命，苦干快上拿下了三线的铁路线的建设。当年三线建设的老兵、原怀化铁路公安处处长、70 多岁的马志义深情缅怀那段过往岁月，那些让他终生难忘的日子。他 18 岁高中毕业被分配到公社当文书，三线铁路建设打响后，他义无反顾奋勇当先地成了百万建设民兵中的一员，白天挖土方挑沙泥，晚上写文章编简报，参加文宣队排节目搞慰问，每天吃粗谷杂粮，睡稻草铺盖，每天只睡三四个小时觉，170 多斤的胖小伙硬是瘦了 30 多斤肉，真是青春燃烧的岁月啊！他在建设中入了党，成为了一名党的干部，得到了一种信仰，培育了一种精神，这份精神财富让他受用终身。

这次"三线铁路寻宝"活动，让参加寻宝的铁路收藏家们深受教育与熏陶，他们以多年在收藏市场上练就的学识与眼光，在怀化古玩城、文物老街寻找有关当年"三线铁路建设"文献宝物：瓷器、怀表、书籍、文献资料等物件，纷纷争相自己掏钱购买捐赠，捐献给铁路博物馆建设。

此次"三线铁路寻宝"活动得到了中国收藏家协会铁路文化收藏委员会的充分肯定和沿线铁路单位的大力支持，收到了超出预期的社会效果。被誉为"铁路文物的收藏队""铁路文化保护的宣传军""铁路文化的播种机""铁路精神的传承人"。

第五辑　心路旅痕

读书门径

近日，有许多青年朋友约我谈谈读书的方法。我想起了马南邨的《燕山夜话》。马老在《燕山夜话》中有两篇引导人读书做学问的文章。一篇是《不要秘密的秘诀》，一篇是《共通的门径》，主旨是劝告人们不要听信什么读书技巧、阅读"门径"之类的胡诌。对此，我深有同感。

古往今来，真正做学问卓有成就者，都不谙什么秘诀、门径。明代学者吴梦祥在为自己定下的学规简约中写道："古人读书，皆须专心致志，不出门户……或作或辍，一曝十寒，则读书百年，吾未见其可也。"宋代陈善的《扪虱新话》则道："读书须知出入法，始当求所以入，终当求所以出。"

古人有此见解，劝诫人们要专心读书，不管你学习和研究什么东西，只要专心致志，痛下功夫，坚持数年如一日，就定会有所收获，怕的就是抓一阵子松一阵子，"或作或辍，一曝十寒"之状，那是有害无益的。

掌握了一定的知识，即所谓基本功，能够独立思考和写作后，就可以进一步找自己要研究的专题书籍。抓住最适合自己的重要著作，哪怕只有两三本也行。把它读得烂熟，透彻地理解它的全部内容。这样天长日久，知识自然会丰富起来，学问也就会逐渐深入。

有些朋友还谈到博与专的苦恼，这亦是至关重要的问题。但实际上这个问题不难解决。博与专是相对，不是绝对的。对每一个专门学术领域，仍然有博与不博、专与不专、广与不广、精与不精的区别。一般地说，年轻人读书，要在广博的基础上求专深，或在专深的基础上求广博，先求博而后求专。

明代胡居正的《丽泽堂学》上有言：“读书务在循序渐进，一书已熟，方读一书，勿得卤莽躐等，虽多无益。”汉代王实也说，“専通众说百家之言”，才能在学问上有所成就。无论如何，每个人的情形不同，水平不同，要求亦不一样。

上面说的这些当然不能完全适合于每个人，这只是泛论而已，供朋友们读书时参考。

饥不择书

说来惭愧，当人们坐拥书城、面壁苦读、于书海之中升华自己人生之时，我读之书却一鳞半爪，实在是汗颜。于是，我开始了几近疯狂地读书，甚至饥不择书。

那时，我国刚恢复高考不久，尊重知识、尊重人才的春风吹拂大地，正在洞庭湖畔当学徒的我，每月薪金二十余元，想要一夜之间拥有四壁图书是痴人说梦。我不好高骛远，而是制定了一个蚂蚁啃骨头的计划，即每月限定生活费、零花钱，积攒下十元钱用于购书，好在我当时不嗜烟酒，开销不大，十元钱购书计划能得以实现。记得那时我所在的生产班组有"打会"活动，即二十几名职工每月每人凑合起来积攒一笔钱，每月供一名急需用钱的职工集中使用。我那些师傅都是来自平江农村的孩子，父母不可能拿出钱来帮他们购置手表、电器等大额物品，他们结婚、置房等都是靠参加"打会"来解决资金困难问题。不久"打会"轮到我了，用这笔钱干什么呢？首选当然是买书。

是日，下了晚班后我邀上好友海龙，来不及洗涤晚班的疲惫与困倦，怀着渴求与兴奋，直扑岳阳新华书店而去。那时书店正时兴开架售书，五颜六色、包装精美的中外名著充斥整个书架，色彩纷呈，书香四溢，好不诱人。我们如同两只饿犬觅食一般，在书籍间搜寻，看中的就揽书入怀。再版的《静静的顿河》《俊友》《巴黎圣母院》《三个火枪手》等，都是我耳熟能详的作品，以前都是根本买不到的，于是我一一收揽在怀中。我们这异常的举动，使站在书架处的服务员警觉起来，像捕捉到了敌情一样，警惕的目光开始环绕我们左右。我们从容地从书架上一本一本地抽下看中的书籍，不顾那疑惑的目光。现在想来，那种感觉真惬意、舒畅。

书很便宜，我购得两大纸箱，才花了40元钱，真值。我俩搬着这沉甸甸的书籍一路汽车、交通车辗转回到车间所在地，真不亚于拿破仑凯旋，赚得了一路钦羡的眼光。

后来，随着阅读范围扩大，当地的书店已不能满足我嗜书如命的爱好。我便把择书的目标投向北京，投向大学的校园。我先言写信给舅舅林凡和湘潭大学朋友庄宗伟，请求他们帮我购买书籍。不久，从北京邮寄来的文史哲书籍，分三次寄到了我居住附近的小邮电所。每次，传递包裹单的邮递员都以诧异的眼光看着我，我知道他对我买这么多书很不理解。我那小小的湘妃竹书架，很快就满满的了。一时间，我的藏书已声名鹊起，不少文朋好友前来借阅、交换。从此，我也开始了读书写作的跋涉之旅。

直到今天，于工作繁忙之暇或商务应酬之隙，每每捧读这些书籍，心里就感到充实和宁静，如果有几天不在书架前晃悠，不逛书城读读书，心头袭来的恐慌、浮躁便折磨得我坐卧不宁。

感谢当年的饥不择书，让我养成了读书养身的习惯。

湘妃竹书架

到朋友家做客，我最羡慕人家那一溜溜高及屋宇的贴墙书柜，透过明净的玻璃柜门，能瞅着那一排排昂首站立的，五颜六色、装帧别致新颖的各种文、史、哲书籍。如若在闲暇之时，排除烦丝愁绪的干扰，坐拥书城，任思绪奔涌，纵横驰骋，上溯可与几百上千年前的宗师鼻祖对话，下亦能搜肠刮肚将自己人生的经验付之于纸页。那种怡然自得是书城之外的人所难以感受的。

我拥有的第一个书架是一个湘妃竹书架，它是我人生中不可或缺的伴侣。

那时，我有了几本属于自己的藏书之后便寻思着设计自己的书架。因为当时未及成家，单身汉一个，且在单位是两三人同寝一室，置办书柜几近奢侈，也难实现。

一日，我出差至新城怀化。当时怀化是座火车拖来的城市，轰轰隆隆的推土机声终日不绝于耳，一丘一丘小山式的黄土砂砾充塞眼目，整座城市就似一个基建工地，市井街衢全然没有，商店书摊零落稀少。我在纷杂零乱的街道穿行，无意间，瞅见一农夫挑着一担折叠的竹制品正在兜售。出于好奇，我走上前去，一看，原来是卖竹书架的。我要农人卸下担子，把折叠在一块的书架展开立在地上，呈现在我的眼前的书架是那么的别致优雅，上上下下有三层可以置书，不用时还可以折叠起来，既不占空间又便于携带。我久久地摩挲着这精巧的制作，农夫似乎猜中了我的心思，便告诉我，这是来自岳阳君山的湘妃竹制作的。湘妃竹是斑竹的一种。据传，当年帝舜南巡至苍梧而死，他的两个妃子娥皇和女英闻讯于湘江边伤痛哭泣，一滴滴晶莹滚烫的眼泪洒落在竹子上，从此竹枝干上就有了斑点，湘妃竹因此而得名。我奇怪盛产湘妃竹的岳阳，为何没见湘妃竹书架，而让山旮旯里的怀化人抢了头筹。

从怀化我颇费周折地把书架背到了岳阳，在三个小伙子同居一室的寝室里，我绞尽脑汁，巧妙地用床铺和书架，构筑了一个与同居互不干扰的小小空间作为书斋。

我在这个书斋勤奋读书、写作。在一些报刊上发表文章后，我被抽调到广州，湘妃竹书架也随我来到花城。花开花落，流年似水。感谢这个小小的书架，伴随我度过了一段寂寞而内心充实的时光。

现在，我已拥有几千册图书，书柜也已如墙壁般高耸，在书房里顶天立地。湘妃竹书架仍然立于我的床头，我要与之终生相伴。

愧谈读书

读完钟毅文、张岱年等编辑出版的《书斋雅乐》一书，书中作者、学者读书写书的经验体会令我感到惶恐。对照之下，说到读书，我是十分惭愧的。

我从小就没有养成静心读书的习惯，漠视读书，散漫懒惰。其实，同处一个时代的我们这一辈人中，亦有许多坚持读书、持之以恒、自学成才之人。著名作家叶辛，在简陋的行囊之中，仍有两箱子沉沉的书籍。在农村，他坚持秉烛夜读所带之书，而从贵州回上海时，八十箱书籍的行李堪称当时搬家之最了。

上小学三四年级时，哥哥也开始如同"书虫"一样读书，不知他从哪儿找来一本本《苦菜花》《钢铁是怎样炼成的》《牛虻》《战争与和平》《贝姨》等中外文学名著，或藏于屋角，或躲在被中，如饥似渴地阅读。而仅比哥哥小一岁的我，却整日里一门心思在玩，从没想到要去阅读书籍。

我开始读书，是在1977年恢复高考以后，初谙世事的我懂得了知识就是力量的道理，才去搜寻可读之物。尽管亡羊补牢犹未为晚，但是我还是尝到了以前不读书的苦果，参加高考，名落孙山。以后，我虽然开始边工作、边自学地艰难跋涉，也曾彻夜苦读到天亮，尽管后来也写过一些文章见于各种报刊，但由于最佳的读书时间里没有打好基础，未能循序渐进地系统读书学习，从而"先天不足"，难以有更大的突破提高。

有时，我在写作中想引用一些唐诗宋词时，记忆里却空空如也，搜肠刮肚，也许能找见半麟片爪，却也不知出处。这时，我才懂得书到用时方恨少的尴尬与窘迫。

因此，我常常对人说，读书是人生向上的阶梯，读好书是超越自我的天路。

我向往读书。

读书的感觉，真好！

第一本藏书

说起藏书实在羞愧，空空旷旷的书房里仅止小小一架子书，且无一鳞半爪善籍珍本。相比那些教授学者们一屋子整壁整墙的图书来，真乃"囊中羞涩"。在我所藏不丰的书籍中，那本《唐诗三百首辨析》最让我珍视，因为它给了我最早深刻的记忆……

其实，这本书已破烂不堪，许是书主人怕书被磨损，便在前数十页敷了一层薄薄的蜡汁，虽还透明不碍阅读，但凹凹不平，不甚光洁，厚厚的一叠且沉重了许多，后面的几十页书纸已经发黄。

二十世纪七十年代末期，国家恢复了高考，大量的中外经典名著亮相于城市的大小书店。我如沐春风，发疯般地选购喜爱的书籍。如《唐诗·宋词辨析》《唐诗鉴赏辞典》《唐诗三百首辨析》等，我都一一购买收藏，觉得它们就像哺育自己长大的"奶妈"。在后来的长时间里，我常常迁徙不定，或招工、或调动、或南来北往经商，家里其他东西丢了就丢了，不会在意，而唯独这本《唐诗三百首辨析》，我一直藏于箱底，或搁置床头，从没离开过我，风雨相伴几十年。晚上，坐于陋室孤灯下，我常常从书架上取下摩挲吟咏："床前明月光，疑是地上霜。举头望明月，低头思故乡。"（李白：《静夜思》）"两个黄鹂鸣翠柳，一行白鹭上青天，窗含西岭千秋雪，门泊东吴万里船。"（杜甫：《绝句四首》）我仿佛又回到风华正茂的学生时代，是书籍催我奋进，催我自强，并重新唤起我对人生、对事业、对理想的思考。

它，是我人生最好的老师，是我求知向上的起点。

手不释书

八十七岁的老画家、诗人林凡，艺术成就可谓巍峨高山，令人景仰。要论他成功的诀窍，酷爱读书，手不释卷，便是其中之一。

用博览群书来形容林老读书多、涉猎广，是十分恰当准确的。笔者曾下榻他位于北京郊区的碧水庄园，一栋楼都是他的书房，书柜是一堵墙似的依次排开，里面各类书籍都有，文、史、哲、美学方面的书籍居多，仅一部二十四史就占据了靠北边墙的整片书柜，俨然一个图书馆。看到这么多书籍，我问他："舅舅，你藏这么多书看得完吗？"他说："书不是非要全部看完才买的，而是要藏在那里，知晓有些什么书，知晓那些书讲的是什么，到你需要时，就能快捷、方便地找到它。为自己学术治业所用，这就是藏书的意义，当然，每天读书，读好书，也是十分必要的。一个画家永远要处在眼高手低的状态，穷其一生都要去追寻艺术的内蕴与意境。"

林老是这样说的，也是这样践行的。他只读了中学，与大学无缘，多年来，他却时时刻刻没有懈怠读书，任何时候都是一卷在手。他画了那么多光耀史册的精品力作，写了上万首诗词楹联，书法艺术被社会褒奖为"林体"，编写的《北派山水画技艺》成了大学的教材。一个没读过大学的人却登上了大学讲台，是中外几所大学的客座教授，全靠从书本中获取知识，从书本里积蓄的能量。

他老是须臾离不开书的。无论是早上，还是夜间，除了画画，创作书法，什么时候他都是在孜孜阅读。如今他老已八十多岁了，还是如此，不看电视，不打牌。说则笑话：去年，他在山西太原置了别墅，便邀几个八十来岁的妹妹们去他那儿小住。平时几姐妹凑在一起，都要玩玩麻将的，那次谁也不敢提出来，住在贵阳的二妹妹，在自家里一天一场牌肯定是少不了的，但在哥哥这里住几天硬是没吱声，说是"怕小哥骂"！

我陪他客居上海时，每天早上一起床，他就弄来一把硬币，哗啦啦地摊在我的桌前，"去！帮我买报纸去！"我数了数大概有十来元钱，便问他：舅舅，买什么报纸呀？他说：楼下有个报亭，这几天你轮番着把他们的报纸都买一遍，浏览浏览。就这样，在上海住了十天左右，还真把小报亭的报纸杂志搜购了一遍，什么《军舰知识》《环球》等，买回来他就逐张逐页地看。早晨上厕所，他要待上好长时间，是报纸看得仔细，还是老人便秘，或者那个地方没人打扰，是最佳的阅读去处？不得而知。

陪他老住在江西婺源时，他突然迷上了紫砂壶。这下可不得了，他让我四处搜购关于宜兴、关于紫砂的各类书籍，有理论著作，有紫砂历史，有紫砂壶名家品鉴，有名人赏析把玩等，不下二三十种书籍。他每天沉醉在书里，研读鉴赏，还找来几个黑皮笔记本，做记录写心得。架势吓人！几个月下来，他硬是把紫砂壶产生的历史、制壶的美学风格、每个时期产生的制壶大家及特点，以及当下紫砂壶的市场行情等悉数了解得清清楚楚，俨然一位紫砂的大玩家。

喜欢读书，对新鲜事物、新知识、新科技保有热情，是老爷子的一个特点。他老是军人，出国的机会不多，偶有外出，回国后，你总能在他新的创作中找到吸收外来文化艺术的创新之处。有次从日本回来，他买了些日本颜料，自己用了以后感觉效果不错，就在他的学生中大力推荐。如日本的金色笔，画的水波纹很见效果，他就动员学生采用，还托人从日本再买回一些，分送给弟子们。他的工写结合的画作中，还大胆地学习借鉴西方油画技法，如逆光、透视、色彩等，丰富了表现手段。

一位八十多岁的老人，一位传承传统文化艺术的画家，对学习借鉴外来文化，胸中没有芥蒂，且表现出极大的热情，这应该是他的绘画艺术既继承传统，又不断创新，中西结合，出奇制胜的法宝。

二十年牵挂

仲春，雏燕呢喃。

我下榻《湖南日报》副刊编辑庄宗伟处，把盏闲聊。宗伟还不无怀念地向我探询《广州铁道》报的兴衰发展。二十多年过去了，他还牵挂着它。是的，我们正是得到了它的栽培与滋养，才各自走向自己的今天的。

那时，年轻气盛、怀揣梦想的我来到铁路，被分到岳阳北站场工作，楚风骚韵滋润着初萌的文学之梦。繁忙的工作之余，在孤寂的茅舍，埋头于灯下，开始了在文学之路上的艰难跋涉。1978年国庆节临近，我压抑不住勃发的激情，创作了还很稚嫩的长诗《五星红旗》，寄给了《广州铁道》报。国庆节那天，我的长诗由编辑老师删减后发表了。那是我的名字第一次变成铅字呈现于报端，那是我文学之梦的首航成功。记得那天，天空格外晴朗，深秋的大地，阳光分外明媚。从此，我与《广州铁道》报结下了难解难分的情缘。当时我是一个小小徒工，因为常有诗文在局报上发表，组织上开始把目光聚焦于我，频频抽调我去写新闻稿，写调研材料，我舞文弄墨的文笔生涯由此发端。

二十世纪八十年代初，我被调到与《广州铁道》报仅一墙之隔的广州铁路局团委从事宣传工作，几乎每天都能与报社的编辑记者们见面交流，团委主办的青年月刊《广铁青年》也常常得到报社老师们的指点。为了办好《广州铁道》的诗歌专页，团委宣传部还在全局青年中开展了"青春之光"的诗歌征文，推荐其中一些优质稿件给《广州铁道》编发。

在这段难忘的日子里，我与报社的编辑记者们朝夕相处，受益匪浅。

那些年里，《广州铁道》报成了我获取精神滋养的一方沃土，在报上与文友交流亦是我心灵的期盼。许多老朋友数年不见，但只要在报上读到他们的文章，就如同把盏晤谈。文友们的诗文对我有着莫名的诱惑，不仅能欣赏他们的文思才情，也了解他们这些年来的思想感情变化。二十世纪九十年代初，我的一组西北纪游散文在《广州铁道》报上连载发表；今年，我的又一组以湘西生活为背景的怀旧散文得以登载，文友们多次打来电话，或鼓励、或褒奖、或切磋，都让我备受感动。

旭日临窗，走廊里又响起了送报师傅熟悉而亲切的脚步声。不消说，每天我从散发出油墨芬芳的一叠报纸中抢先抽出的无疑是《广州铁道》报。有时自己都不明白这是一种什么反应，《广州铁道》报成了我每天必读的报纸之一。有时出差，回到单位的第一件事，便是找来这几天没读的《广州铁道》报，急切地浏览后，再逐版细读，仿佛疗饥止渴一般。如今偶尔提笔，写出来的习作首选投寄刊物依然是《广州铁道》报，尽管亦有其他报刊的约稿、征文，但我对《广州铁道》报情有独钟。

八千里路云和月，八千时日朝与夕。我对《广州铁道》报的这份牵挂，这份挚情，一直放不下，并将延至终生，因为，《广州铁道》报已与我的生命融为一体。

浅谈艾青诗歌意象的捕捉

艾青，中国现代诗坛的著名诗人。早在二十世纪三十年代，他就以自己嘹亮而悠扬的"歌唱"赢得了中国现代诗人的桂冠。他那些闪烁着璀璨艺术光辉的诗篇，为我们的民族留下了灿烂的精神财富。在这里，简要谈谈艾青诗歌意象的捕捉。

善于捕捉象征性的意象，抒发爱憎激情。艾青在其美学论著《诗论》中，把意象一词定义为"具体化了的感觉"。他指出："意象的创造就是在万象中拣取筛选捕捉与自己情感与思想相糅合的物象塑造形象、寄托爱憎。"在创作中，他时时注意从时代行进中去独特地感受和发现带有浓厚感情色彩的象征性意象，借以抒发自己对生活的爱憎感情。比说，他特别喜欢捕捉太阳和光作为意象，以体现诗人向往光明、渴求真理的热忱。他在《太阳》中写道："从远古的墓茔／从黑暗的年代／从人类死亡之流的那边／震惊沉睡的山脉／火轮飞旋于沙丘之上／太阳向我滚来……"诗人一反常人习惯了的"光明来自光的世界"的陈见，从自己对现实的深刻观察和哀愤交积的特殊感受出发，从光明须以热血与生命为代价的沉思出发，自然地捕捉了"太阳向我滚来"这一核心意象，象征人类为之奋斗的光明世界一定能够到来，表达了对光明世界的渴望，对美好未来的向往。

艾青的诗歌创作，不仅捕捉太阳、黎明、光这类象征光明的意象，还十分注意捕捉反映劳动人民痛苦生活的意象，表达作者对中国农村和劳动人民的深广忧郁和同情："透过雪夜的草原／那些被焰火所啮啃着的

地域 / 无数的土地的垦殖者 / 失去了他们所饲养的家畜 / 失去了他们肥沃的田地 / 拥挤在 / 生活的绝望的污巷里 / 饥馑的大地 / 朝向阴暗的天 / 伸出乞援的 / 颤抖着的双臂 / 中国的苦痛与灾难 / 像这雪夜一样广阔而又漫长呀……" 在这组作者精心捕捉的意象里，作者将对中国农村的忧郁，对中国农民的同情，对黑暗社会的诅咒淋漓尽致地表达出来。艾青捕捉意象来表达自己的思想感情，在他的诗里主客观完美结合成优美意象的诗句，实在是美不胜收的。

善于捕捉具有感性的意象，创造诗歌的意境美。艾青在诗歌创作中不仅大量捕捉了具有美感的象征性意象，还十分注意捕捉一些具有感性的意象运用于诗歌创作之中，使诗歌形象单纯，有效地创造了诗歌优美的意境。比如《伞》："伞说 / 我想的是—— / 雨天，不让大家衣服淋湿 / 晴天，我是大家头上的云。" 作者精巧地选取了"伞"这个生活中普通的事物作为表达一种思想、一种追求、一种信念的意象，赋予这首小诗别致深沉的意境。

善于捕捉具有描写性的意象，展现诗歌的绘画美。艾青从小喜欢绘画，1928 年考入杭州国立西湖艺术院绘画系（即今天杭州的浙江美术学院），次年春在校长的建议下，赴法国巴黎学画。在这段时间里，他开始接触俄罗斯批判现实主义的小说和欧洲象征主义流派的诗歌，尤其受到比利时诗人凡尔哈仑、美国诗人惠特曼、苏联诗人马雅可夫斯基、法国诗人兰布的影响，开始了他真正的诗歌创作。艾青既是诗人又是画家，因此他的诗歌创作，自然而然地呈现出具有描写性的意象，展现了诗歌的绘画美。如《礁石》："一个浪一个浪 / 无休止地扑过来 / 每一个浪都在它的脚下 / 被打成碎末，散开…… / 它的脸上和身上 / 像刀砍过一样 / 但它依然站在那里 / 含着微笑 / 看着海洋……" 再如《梨树》："那儿站着一棵树 / 树叶是那样繁茂 / 像披着一件宽大的罩裙 / 裙裾快要触到了地面 / 她充分地承受阳光的眷顾 / 和风、雨、露水的抚爱 / 结的果子是那样的多 /

那样的饱满，发着金光／她是美丽而多乳汁／像一个年轻的母亲。"在这些诗作里，作者运用绘画的语言，细腻地描绘出一组意象群，烘托着作者对大自然的热爱，表达了热爱生活、热爱人生的明朗健康的思想感情。

总之，艾青的诗歌创作十分注意对意象的捕捉，倾泄一腔拳拳爱心，无论在思想上还是在艺术上都是我国现代文学史的一块丰碑，值得我们不断地挖掘、学习和发扬光大。

老画家的写生观

　　林凡是中国当代工笔画的领军人物。能有机会聆听他的教诲，目睹景仰的画家作画是一种幸运，也是一次学习的极好机会。

　　那日，暑气逼人，盛夏难耐，笔者走进了林凡的画室，短暂的闲谈之后，林凡开始在白纸上构思小图，拿起炭笔勾勒草稿，洁白的六尺宣纸上不一会儿呈现出几根韧劲的线条，几方奇瑰的山石，近山远黛，几成画形。林凡先生绘画，全然不端大师的架子，一切都是自然随性，铺纸、用笔、敷色，天性自流。

　　林凡先生一边作画，一边向笔者讲述他的艺术观念：构图、层次、线条、虚实、疏密、向背、浓淡……譬如说石头的棱角、向背，梅干的前后、转折都用色泽深浅来交代清楚。在美与丑、高与低、大与小、强与弱、俗与雅等方面，他往往是取其后者，以低角度、窄视野、小题材去宣示自己对于自然、对于宇宙的认识。

　　谈话间，宣纸上呈现出一株遒劲勃郁的梅干，粗干部分已被岁月的风雨镂空，形成了一个幽邃的黑洞。"唉，这不是我们前两天看到的那个盆景吗？"就在来林凡工作室的那天，八十二岁的林凡先生冒着酷暑带我们来到歙县文化园浏览。汽车在葱郁的山水间行驶，突然，林凡老师喊停车，我们一行下得车来随他走进了位于路旁的一个盆景园，偌大的园林，珍木奇树、秀花娇草美不胜收，各种风姿绰约的盆景争奇斗艳。林凡老师却独自在一古拙遒劲的枯枝梅干旁停下来，流连忘返，久久不肯离去。他当时也没说什么，也没让随行人员摄影取景，然而这一切都已在他脑海里存储了。

"林老师，你怎么把那幅盆景搬到这里来了？"

林老师打开了话匣，谈起了写生与创作的关系。他认为，写生不能注重形式，而是要潜心观察，思索生活。当今，有些人喜欢神兮兮地吹嘘"几上黄山、几下九寨"的创作经验，都是在形式上做文章，全然没有对现实生活细心的观察与体悟，所以画出来的作品往往是涂脂敷粉、克隆物象、缺乏意境、没有诗情……中国画注重写生，是必须的，但是如何去写生，怎样写生，却大有学问。林老不主张那种装腔作势、故弄虚玄的写生，而是处处留心皆学问。

画面构成出来了，一株古拙苍老的梅树从几块硕大冥顽的岩石间虬曲伸展，凌空怒放，盛开出一丛丛、一朵朵娇嫩的粉绿色梅花。那生命的倔强，那诗情的舒放，表达着作者对命运的不屈、对美好的向往。堆砌在一起的岩石间，仿佛能听到淙淙泉水，婆娑的绿草恣生蔓长别有灵性。画面中遒劲苍润的线条之美，极见画家深邃的书法之功。

林凡老师对创作精益求精，对细微处的处理、对层次的渲染是那么的精描细绘，反反复复。整幅作品还没有完成，他翻看自己的诗稿，摘取自作诗用秀美隶书以点题："底事欢歌般若台，绿梅青目碧螺杯。定回续梦连心曲，萍散遗踪点屐埃。一骑黄尘挥泪去，三秋白祫杖藜归。多情最是韩熙载，锦幄千屋鼓钺开。"他说，这样可以及早地确定绘画的主旨，让作品充沛着诗意。然后，他围绕这个主旨更多辙染岩石，交代彼此之间的关系，让那一枝枝绿梅奇诡俏丽，抒发诗情。观林老画画，我思绪联翩，感触良多，凡事我们都必须遵循自然之道，忠实于生活之真。

我的"作家"梦

一

人喜欢做梦，这是一种生理现象。梦是心中所想，所谓"日有所思，夜有所梦"。梦，也是对未来的一种期待，像天上的一道彩虹，像人生的一盏灯塔。

从小喜欢舞文弄墨的我，意识深处有个"作家梦"。

说到写作，读书是基础。少时我却是个调皮捣蛋，不甚安稳读书的男孩。一些著名的文学作品，如《暴风骤雨》《红与黑》《安娜·卡列尼娜》《浮士德》《青春之歌》《野火春风斗古城》等，有的可能看过一二章，有的只翻看过目录，小说的故事梗概，也都是哥哥给我介绍的。

哥哥从小就嗜好读书，经常不知从哪儿弄来一些文学名著，一个人贪婪地读着，好像书中真有黄金屋颜如玉似的。我有时邀他外出滚铁环啊，玩游戏啊，他则不理不睬，弄得我很沮丧。我就报复他，每当在他读书时，一会儿假传外婆的"圣旨"，喊他拿这样干那样；一会儿趁他上厕所时，偷偷地把他看的书藏起来，藏到枕套里，或丢在床铺下，但每次他都能找得到。有一次，我要他一起去医院旁边捉迷藏，他头也不抬说"不去"，埋头看他的书，我气极了，决计要戏弄他一下，我对他说：哥哥，娭毑叫你。等哥哥放下书本离开后，我把他正在看的《苦菜花》丢在床的蚊帐顶上，蚊帐缝补过几次了，很厚，放本书在顶上根本看不出来。哥哥从外婆处回来，左翻右找怎么也找不到书了，明知是我做的手脚，却苦于没有证据，奈何不了我，气得脸憋得通红。

二

真正沉下心来开始认真读书，是受到高考失利的刺激。我参加工作到铁路后的第二年，也就是 1977 年，国家恢复了高考，这可是十多年久违了的考试，全国几十万名学子盼望的机会终于来了。那些年，我爸妈不断迁徙，走马灯似的调动工作单位，我上学的地方也换了好几个，根本没有系统地完成中学学业。现在有了机会，我还是报名参加了高考，但结果是可想而知的。不过，高考失利却激发了我刻苦读书的决心。

我制定了较为详细的读书计划，开出的书单就像长长的阶梯。那时，书店的书架上空空如也，没有几本文史哲类的书籍，我只好写信向北京的舅舅求援。舅舅也刚从山西回到北京，在解放军艺术学院筹建美术学院，他专门抽空去了趟北京王府井新华书店，为我挑选了十几本文史哲图书和自学工具书寄给我，还写了几页纸的长信，鼓励我，并就如何自学谈了他的意见。我从心底感谢舅舅：真是娘亲舅大啊！

1978 年，国庆节快要到了，我在根本不懂诗的情况下，自信心爆膨，写了一首十几页的长诗《五星红旗赞》，想在我们铁路局的《广州铁道》报上一个整版，来个不鸣则已一鸣惊人的轰动效应。9 月份我就把诗写好了，加盖上车间党支部的公章后寄给了报社。庆祝国庆节的报纸出版了，并迅速派发到了车间。我还清楚地记得那是一期套了红的国庆专刊，让我受宠若惊的是，我的诗歌见报了，虽不是一整版，而只是节录了其中十六句，刊登在报纸的右下角，毕竟是"崔建平"名字第一次变成铅字，于我来说简直是原子弹爆炸般反响强烈。段党委政治处打电话到车间询问我的情况，表扬车间宣传工作做得好，发现了一个通讯报道人才，并要车间安排在我工休的时候开公差免票到株洲段里去一趟，组织上要找我谈话。车间书记在班组点名会上，原原本本传达了段里的电话内容，并举着报纸让职工们都向我学习。一下子，我仿佛成了车间的明星，各生产班组的职工纷纷传阅报纸，有的还到我上班的地方来认人，弄得我既兴奋又羞涩。

三

这以后，段里每年召开工业学大庆会议，铁路分局筹备召开团代会，我都是会议秘书组成员，经常脱产在外助勤写文章。不久，一纸调令下到了车间，任命我为车辆段团委书记。职务变动了，新的问题也来了：平时三班倒，有大量的时间读书写作，甚至上班时我屁股后面还斜插一本书，经常利用检修车辆的间隙，拿出来看。其他人在玩耍，夜班在睡觉时，我则可以躲在一边看书。下晚班洗个澡后，可以埋头赶稿子。到段机关上班了，团委书记是行政工作，每天不是开会就是陪领导下车间班组检查，属于个人看书写作的时间越来越少，但我依然没有放下心中的梦想，利用一切可支配的时间坚持自学。这时，社会上夜大、电大、函大如雨后春笋般涌现，我报名走进了广播电视大学，学习《古代汉语》《写作》《现代汉语》等课程。我还参加了株洲文学朋友组织的诗会，每周晚在湘江边的一个防空洞里上课，切磋文学创作。听完课，骑着单车行驶在如水的夜色之中，心情是那样的惬意畅快。这时候，文学让我插上了梦想的羽翼，对"作家梦"的追求愈加炽热。不久，组织上又提拔我去广州铁路局团委工作。广州这座南方的大都市，高高的棕榈树，鲜艳的木棉花，逶迤蜿蜒的海岸沙滩，都给了我取之不竭的创作灵感。我创作了《在海边》等诗歌，分别发表在《黄金时代》《广州铁道》等报刊上。报社与团委一墙之隔，我们又联手编辑广铁青年《诗页》，湖南、广东、海南三省铁路青年的诗作如雪片般飞来，在广大青年朋友中鼓荡起理想的风帆。

当时，京广铁路卡脖子的区段是大瑶山，国家已设计规划修建亚洲最长的铁路隧道——大瑶山隧道，从根本上解决京广线繁忙运输卡脖子的"瓶颈"问题。当工程如火如荼地进行之时，我和广铁报摄影记者骆金穗一起想做一期《大瑶山风神》诗配画专刊，他拍了许多照片，我写了几组诗歌。原来还梦想着在《人民画报》上发表，虽然没有实现，但梦想让我的创作热情更加高涨。

四

成家后，工作、家务担子碾压着我文学梦想的实现。我对自己约法三章：不打牌不钓鱼不闲聊，不溜须拍马谄媚奉承，把所有的业余时间都用在看书写文章上，白天上班工作，晚上看书写作。我在铁路办事处工作时，办公室是个里外套间，外面摆放两张办公桌，里间是资料室，靠墙一排文件柜，靠窗放了一张书桌。每天上班后，处理完事务，我就钻进里屋去看书。把朱自清、郁达夫、张爱玲、周作人等人的著作悉数看了一遍。可惜好景不长，一年不到，我又被组织安排到别处任职了。心猿意马，心挂两头，停停写写是我业余创作的状态，有时来了灵感没时间，素材有了，心却不能静下来。

因为文学梦想，被组织赏识转了干，又被提拔到领导岗位。但不管在什么岗位，做什么工作，我始终不忘初心，不放弃"作家"梦想。三十多年来，我干过团委书记、客运主任、站长助理、站段领导；二十世纪九十年代初期，我下海经商了，在当时是时髦选择，经常南来北往联系业务签合同，忙忙碌碌，赚了钱喝酒狂欢，而酒醒之后心中却有种被撕裂的感觉，仿佛干了什么有辱先辈的勾当，理不直气不壮。别人做生意赚了钱，趾高气扬，盛气凌人，我却是畏畏缩缩，心存不安。同事们从表面上是窥视不了我的心底波澜的，但自己知道，我始终放不下心中的那份牵挂与梦想。仿佛是个戴着面具的"两面人"，表象气派，内心恍惚。我也听到一些非议，说我想成名成家，不与干部群众打成一片；说我自视清高，看不起人；说我不谙"世事"，副职干了十来年。我坦然处之，一笑而过。

每到节假日或周末，一起床便问妻子，家里有什么事没有？贤惠的妻子懂我，大事小事她都揽了，我便悄悄躲进办公室去看书写作。节假日或周末的机关是一处平静的港湾，没有了往日的嘈杂，没有人来人往干扰，陪同检查之类的应酬更是没有了，大可放下心来，在办公室这方小天地里驰骋遨游，与古人对话，写心中块垒。我很在乎这种在办公室中读书写作的感觉，外面的世界勿扰我，独处小楼得春秋。我接连创作了以湘西生活为素材的一组散文《湘西赶年》《廊桥》《麻石街》《小背篓》等，以专栏的形式连续在《广州铁道》报"红棉副刊"发表，颇受好评。还有《莲花池》《伺鱼》等散文被《湖南日报》刊用，还分别获得湖南省职工文学征文二等奖和三等奖、广州铁道报征文一等奖，并成为中国铁路作家协会和湖南省散文学会的会员。

五

五十五岁，从领导岗位上退下来，到六十岁退休，获得了时间上的自由与精神上的释放。如果把人生分成三个阶段：二十岁以前为第一阶段，学习成长；二十岁到五十五岁为第二阶段，工作就业，就业是工作选人，很难既能做好本职工作，又能实现心中的理想；从岗位上退下来以后，是人生第三阶段，这个时期如果没灾没病，大可听从内心的呼唤，践行最初的梦想，好好在自己爱好的领域甩开膀子，大干一场。现在，我每天便坐在桌前，捧着一个平板电脑，用手指划来划去。我写自己的人生过往，写身边的人事生态，写熟悉的铁路生活，不投稿不求发表，完全是为了却心中的爱好与牵挂，释放长期蓄积的情感。我只在乎自己内心的感受。我知道，写作永远在路上，我当加油努力，实现自己最初的梦想。

我信奉著名作家丁玲说的：一生写好一本书，足矣！

不一样的叶梦

有人说，叶梦老师身上有股子巫气。我不认同。

叶梦老师艺术思维活跃，文学眼光独特，创作总是与众不同。初见叶梦老师，朴素自然的外表，不算苗条的身材，朴实普通的着装，怎么也不能与那些空灵、智慧、别致的散文作品相匹配，也不像她的名字一样，使人联想翩翩。而现实告诉我，她就是叶梦。

我是读了《创造系列》认识叶梦的。有一次，不记得是在哪本杂志上读到叶梦老师的散文《今夜，我是你的新娘》《创造的快乐》，立马被她充满灵气的文字征服了，笔触细腻，情感真挚，语言隽永。看看作者名字，心想这是哪方神圣啊，把女性的感觉写得如此真实细腻，当时就记住了"叶梦"这个名字。后来，我负责的企业作家协会主办写作培训班时，我就想请叶梦老师来讲课。办公室同事不知叶梦是谁，哪个省市的，是男是女，更没有联系方式。几经周折找到叶梦的联系电话，我试着打电话过去，讲明我们的请求。她全然没有大作家的架子，一请就到，就这样我们认识了。见面一聊天，还是益阳老乡，她与舅舅林凡也是相识相知，互为欣赏。以后，我就开始特别关注有关她的信息，她的创作。

叶梦老师以散文《羞女山》成名，后来又创作了一系列奠定她在当代中国散文界地位的女性散文。而《遍地巫风》是一部有关古城益阳风土人情和人文故事的散文集，它叙述了古城诸多小人物，如刘宝、曾喜娘、施老版、海老三婆婆、会诊驼子的三爹等人的悲欢人生，读来使人亲切，趣味盎然。

二十世纪九十年代末，她挂职安化县副县长，工作之余又爱上了摄影。她用镜头记录历史，用胶片感光生活，摄下了许许多多人与物的照片，在取景、用光、抓拍、暗房技术等方面都有独到的艺术实践，并在长沙举办了她的个人摄影作品展览。

有人说：艺术是相通的。早在九十年代，叶梦又开始收集画家自画像，刚开始纯粹是好玩，玩着玩着就玩出了新意，玩出了艺术，继而出版了图文并茂的《百手联弹》。一百位艺术家在不同时间、不同空间的自画像，神采各异，脱俗而灵动，心高而自然。叶梦以女性的细腻敏锐，通过温暖而又朴实的文字给每一位艺术家"再画像"，从容不迫，惟妙惟肖，文字与自画像互动，相得益彰。

听涛

深夜听涛，是浪漫的，是新鲜而别致的生命体验。

那是二十多年前的记忆了，尽管时光流逝，但还鲜活如初。那天，一群文学青年来到了位于罗霄山脉深处的桃源洞，已是深夜。汽车打着贼亮的远光灯一路从山底往山顶开，周遭昏黑如漆什么也看不见，只有阵阵蛐蛐声响，偶尔有比蛐蛐声还要强烈的涛声飞来，刺激着我们的耳膜。

我们的住宿地在这座山林的深处，漆黑如屏的夜幕下透出柔弱的灯光。住下来以后，才发现整个宾馆没有其他人下榻，就我们十几个文学青年。宾馆也没有夜生活，不知谁说了一声，"我们听涛去吧！"这个主意好，立马像点燃的爆竹似炸开了，得到了所有人的响应，一会儿工夫，三五成群、四六成伙地消失在夜幕中。

整个山麓不见人影，人和人之间近在咫尺都看不清面容，只听得见不时从黑暗深处抛出来的话语和笑声。我和新闻媒体的几位记者朋友，侧耳倾听涛声的方位，循着渐隐渐弱的声音径直而去。好不容易到了一处过涧小桥上，大家都不敢再往前走了，再往前是什么情况心中无数，我们几个就靠着桥栏而坐，沐着夜色听起涛声来……

整个山麓如同被一块偌大的黑色帷幕包裹着，伸手不见五指。桥下山涧的水流仿佛很大，山很陡很深，落差很大，涛声就显得洪亮。因为完全看不见只能倾听，我们就屏住呼吸，攒劲把整个身心都融进这倾听之中。涛声时而铺天盖地而来，轰鸣不绝而去，俨然一列威猛彪悍的马队呼啸而过，又恰似一场节奏强烈的交响乐队演奏；时而又娓娓细语，像在向人倾诉委婉柔肠……

深夜听涛是一种迥别于其他感受的体验，全然不是钱塘江观潮那样的视觉冲击。人生的生命体验有许多方式，比如眼观、耳听、鼻嗅等都是从感官到心灵，从五官到内在，从表象到实质，充分感受对生活、社会、自然、宇宙的感悟，体察使弱小短暂生命认知客观与自我、渺小与伟大、短暂与永恒的辩证关系。有的人毕生都在追求物质财富，去拥有生活的充足、富裕；有的人究其一生，在探索自然的奥秘和人类的认知世界，孜孜以求。不论是财富追逐，还是精神创造，都不过是一种生命追求的过程。我想，在这无边的夜色，在这拥翠的山谷，轰鸣的涛声也是在自我追求吧。

芷江的和平鸽

湘西边城芷江，我是从沈丛文的散文中认识的，一百多年前的大漠风烟，月黑风高的云贵高原舞水之畔的羊肠小道上匆匆地行走着一个背负行囊的青年，他为追逐梦想而来，芷江是他生命中一个无法选择的驿站。

这是一座有着 2200 年历史的千年古城，汉高祖五年建县于此，是侗、汉、苗、土家等 25 个民族和谐生息繁衍发展的地方，这里自然风景独特、人文历史荟萃，不仅有亚洲最长的龙津风雨桥，侗族最大的鼓楼群，内陆最大的妈祖庙——天后宫等丰富深厚的文化遗迹，著名的黄沙、碧河、拾担、拾万坪、五朗溪等侗族风景闻名遐迩。还有擘龙舞、明山石雕等非物质文化遗产诉说着这里的诡谲风云，悠久历史

享誉神州的"芷江鸭"，我也是仰慕已久，多次在芷江以外的餐馆酒肆中吃过，但仿佛隔靴搔痒，不得要领，不解其中的风情与风味。

盼望已久的这次芷江拜谒，我还是首选了抗日受降旧址，这也是心中揣度了无数回、渴望了几十次的地方。

是日，初冬的太阳依然热情似火地照耀在这座古老边城广袤的土地上，尽管时值冬季风儿有些凛冽，但难掩大家急切的热情，没有刻意要求，但大家都衣着整肃，表情肃穆，不苟言笑地下车来到旧址前门。高大雄伟的受降纪念碑由四柱三拱门式建筑组成，高 8.5 米，长 10.64 米，水泥基础，青砖砌就，整体镶嵌明山石，造型呈"血"字形状。在纪念碑前大家纷纷照相留影，留下许多美好的有纪念意义的照片。随后大家

跟着导游庄重肃穆地进入旧址深处，这是一座掩映在松柏杉树丛中的所在，青葱拥翠，树茂草滋，几处铁灰色的古旧房舍洒落在青黛中。受降旧址由受降会场、中国陆军司令部、何应钦办公室三间鱼鳞板双层木结构平房组成。房舍建于1938年，里外都是涂刷的铁灰色油漆，显得冷漠肃静、沉重大方，房屋都是呈长条形的，三幢依次竖排。里面的布置基本保留受降会议仪式时的摆设，设有长条形会议桌，受降双方签字的一对桌椅摆在醒目的位置，桌子上摆放着白底黑字的记录当时日方代表、中方代表姓名的牌子，边缘处是秘书、记录、见证人的各色牌子。正墙上挂着孙中山先生大幅画像，还有"革命尚未成功，同志仍须努力"的对联也醒目悚然，还原着当年的真实气氛。另一间房间里则张贴着十几幅大型油画，都是全国各地其他几个受降分会场的场景，其中有一幅描画日本投降代表垂头丧气、气急败坏、挠头梳脑的照片栩栩如生，再现了当时日本侵略者的心境与神情。整个参观都是在肃穆中进行的，大家在寻找历史信息，在品读世界和平的重要。

参观完受降旧址后，大家移步到中国人民抗日战争纪念馆去参观。纪念馆在旧址的右侧，是一座两层的白色小楼，修建于1995年，2015年又进行了大面积提质改建，现在的纪念馆珍藏着丰富而翔实的受降时的珍贵资料。我们步入纪念馆台阶时，下午的阳光正涂抹在洁白平整的台阶上，光亮明洁，仿佛一面镜子，一群憨态可人洁白如云的和平鸽正在明亮的台阶上撒欢，它们三五成群、二三成对互相嬉戏打闹，时而飞起时而趋于我们的脚下，全然忘记了我们的存在，对我们没有一丝一毫的惧怕与躲避，对人类没有一丁点儿芥蒂，仿佛我们都是这儿的主人，这儿就是温暖而和平的世界。我一下子被和平鸽感染了吸引了，停下脚步蹲下身子与和平鸽玩耍起来。我再也没进纪念馆，而是在此寻找到了参观的意义主旨……

爱好和平是人类生存的意义所在，一切战争都是罪恶的，人类何尝不能向和平鸽学习呢?

　　远处的陈纳德将军及飞虎队纪念馆不就是一只凝固的和平鸽?

　　芷江就是一只时空中的和平鸽,持久而永恒地警示人类爱好和平!

蝉鸣

朋友，你听见过蝉鸣吗？听见过丛林深处传来的一阵高过一阵的蝉鸣吗？也许，你听见了，但毫不在意；也许你听见了，于是便驻足聆听起来……

我就是被蝉鸣吸引、驻足聆听的人。

蝉是一种较大的吸食植物的昆虫，通常有四五厘米长，它们像针一样尖的嘴可以刺入树体，吸食树液。蝉家族中的高音歌手是一种被称作"双鼓手"的蝉，它的身体两侧有环形发声器官，中部是可以内外开合的圆盘，盘的开合速度很快，抖动的蝉鸣就是由此发出来的。

对于蝉鸣，深刻记忆来自儿时的湘西乡下。每日吃罢晚饭，我便与小伙伴们结伴来到后山的小树林歇凉，皎洁如水的月光沐浴着山山坳坳，银亮的小树像一排排卫兵，守护着山村的宁静与安谧。我躺在竹床上望着深邃的天空，翱翔着少年的幻想。此刻，不甘寂寞的蝉儿便开始了它们的演奏，先是一两声幽幽地低唱，继而此起彼伏，声浪一阵覆过一阵，间或，也有暂时的停歇，像交响乐的片刻休止，一会儿又演绎出高亢的华彩乐章……我就是在蝉鸣中渐入梦乡。

倾听蝉鸣，在不同时期、不同境遇下的感触是不同的。我高中毕业去农村时，年轻气盛不知愁滋味。记得那天，两辆大客车被红绸布写的标语口号包围着，六面红漆大鼓被"咚咚"地敲响，大喇叭扯起嗓子在那里"呱呱"地叫，大操场人山人海，水泄不通，送行的，看热闹的，来往穿梭，沸沸扬扬。我胸佩大红花，早早地就把行李扛上了车，一个人兴奋地跑上跑下，与人招呼、谈笑。摄影的看我情绪高亢，不像有的人那样哭哭啼啼，就对着我"咔嚓咔嚓"地拍来拍去，我出尽风头，一副少年不知愁滋味的样子。可当我们被村民们挑着被褥行李，安置在墙壁上都还潮湿的房里时，现实与理想的差距，农村与城镇的差距给了我狠狠一击。每天生火做饭的烦恼，有上餐无下顿的焦虑……让我的情绪如同沸腾的水，一下子降到冰点。此时，我开始喜欢独坐小树林里听蝉奏鸣，那一阵高一阵低的鸣叫，仿佛是替代我诉说心中的委屈与憋闷。仿佛觉的那蝉鸣是我在鸣叫，我已物化为蝉了。独自去小树林里听蝉鸣，不知不觉就成了我的习惯，只要听上一会儿蝉鸣，我的心就得到了安慰，复又鼓起勇气与自信，去面对现实的无奈。

声声蝉鸣，一直伴随我在农村的岁岁年年。

这些年居住在闹市，生活在水泥砖瓦包围之中，周边绿色少了，蝉鸣几乎绝迹了，聆听蝉鸣成了一种奢望。前不久出差某沿海城市，久未谋面的朋友在五星级酒店宴请，居然把蝉蛹炸得金黄金黄摆上了餐桌，据说蝉蛹富含高蛋白，价值不菲。当时，我一直没有向那盘蝉蛹伸出筷子。

近年来，自然环境生态得到了很大的改善，退休赋闲在家以后，我每天在生活的小区树林里散步，不时地又能听到一阵阵此起彼伏的蝉鸣，犹如音乐般悦耳。这时，在蝉鸣中，我听到了人生岁月如梭的感叹，听到了面对人生成功与失败的坦然，听到了来日无多珍惜生命的警策，听到了平平淡淡的生命从容……我想，一个人也如同一只蝉一样，于永恒时空而言，是微一粒，海水一滴；前半生奋力打拼，仿佛要拥有世界，恨不能占尽春秋，然而，几十载岁月一瞬而过，无奈地从青葱走到了迟暮。啊，生命就像蝉一样，只要自己的声音曾在这个世界上唱响过，如雁过留声，不也是一种生命的光亮吗？

洪江古商城

北方山西的平遥古城闻名遐迩，世人皆知。而位于沅江、巫水汇合处的洪江古商城却像一位养在深闺人未识的大家闺秀，不大为人所知……更谈不上登临拜访了，所以如今的洪江古商城还是一位古朴悠然的"村姑"，淳朴自然，逸韵悠悠。

洪江于我仿佛是久违的恋人，一直心系之情牵之而不得见。特别是我亦师亦友的曹隽平兄被盛邀游览了古商城后题写了"洪江古商城"的匾额，在各类传媒、公共汽车等场所刊用并流传访间，让我每每阅读欣赏，更是像块磁铁时时吸引着我。

拜谒洪江古商城的机会终于来了，庚子初冬广铁收藏家协会别出心裁，匠心独运，率先在全路开展收藏探访铁路历史、弘扬铁路文化、寻找铁路宝物的活动，在湘西怀化这座火车拉来的城市掀开了帷幕。活动开展四天但并没有安排洪江之游，我急迫的心都悬在嗓子眼了，好不容易到怀化来了，怎能泯灭心中对洪江古商城的向往呢？

初冬的太阳以它生命的温暖驱除山城早晨的丝丝寒气，琥珀色的阳光温情地涂抹着山峦河流。我们的汽车出发了，穿过熙攘的街市很快就上了宽敞的高速公路，几十分钟的车程汽车在洪江古商城游客中心戛然停了下来，洪江古商城到了。

穿过装潢华丽、气魄非凡的游客中心，我们进入洪江古商城：明清建筑古朴素颜，麻石铺街凹凸不平，斑剥的灰墙透着沧桑，幢幢房舍蛛网笼罩，一下子把我们拉入了历史的深处，仿佛漫步在先人们的梦中。

整个古商城坐拥湘西名山嵩云山，依山傍水，曲折蜿蜒，商铺点缀，小径通幽，全城都围绕一座小山而建，商道随地势忽高忽低、宽且二三米，窄则只容一个人打伞通行，街衢由一块块、一条条或长或短或厚或薄的麻石铺砌而成，也许是岁月久了、时间长了，一块块麻石上被踩踏凹陷进去深深浅浅的槽道，有的形状弯如月亮。街道上几乎没有现代元素的砖瓦水泥，建房筑舍都是片石垒筑，木质窗户加上石灰砂浆，户户的木质门上都有密密麻麻铁铸的钢钉，尽管已锈迹斑斑，但它诉说着曾经的辉煌与文化。

古商城里各种商铺店面，一应俱全，充分显赫着它鼎盛的过往，如会馆、商行、客栈、镖局、作坊、青楼、报社、烟馆、寺院、书院、天主教堂等，特别是各州地的商业会馆居多，我粗粗地看了一下什么"四川商会馆""贵川铜仁商会""长沙会馆"等几乎周边市州及各行各行都有商会设立如此。其中气派豪华、规模齐全的有忠义镖局、汛把总署、陈荣信商行、洪江报馆、厘金局等。始建于清乾隆五十二年的忠义镖局，掌门人是来自长沙的刘大鹏。此人幼时入少林习武，精通十八般武艺，手下有众多的武林高手担任镖师，主要是为豪商巨富押运银票、货物、看家护院，也开馆收徒传授武艺。忠义镖局，奉行忠义，门规严厉，倡导不杀生、不饮酒、不贪财、不好色、在洪江古商城有着很好的信誉。陈荣信商行是一栋保存十分完好且宽敞空阔的木质院落，现在被一家电影制作机构征用用于影视拍摄创作基地，也是古商城目前唯一有着现代文明气息的所在。

古商城成形于盛唐，鼎盛于明清，以集散桐油、木材、白蜡、鸦片而驰名。古时的湘西生活物质大都自给自足，也仅此而已，没有过多的粮食啊布匹啊可供交易。可供交易的只有个别生产物质比如桐油、木材等。至如鸦片应该算是舶来品，它满足了有钱人的骄奢淫逸。

洪江古商城是湘，滇，黔，桂，鄂五省区远古时期重要的物质集散地。曾扼西南之咽喉而控七省，是湘西南地区经济、文化、宗教中心，曾纳天下之繁华而通四海，素有"湘西明珠""小南京""西南大都会"之称，在海内外享有"中国第一古商城"的美誉。古商城占地面积三十万平方米，因雪峰山的屏障避过战争烟火，保存完好，古韵悠悠，俨然一幅立体的《清明上河图》。

闲话王憨山

我不认识王憨山，准确地说未曾与王憨山谋过面。我所认知的著名画家王憨山，缘于两个人，一个是贺安成老师，一个是舅舅林凡。

前些年王憨山出道辉煌的时候，我还朝五晚九地在铁路单位上班，尽管王憨山多次来长沙、株洲，并在贺安成老师的安排下讲座办展览开笔会，好一阵子热闹，但我都与此无缘。

后来我出差北京，下榻舅舅林凡家见到一本王憨山的画册，着实震撼了我，那厚重的笔墨，简洁的构图，浓艳的色彩，笨拙的"漆书"，令我过目难忘。继后我就特别关注王憨山，从各种传媒上搜寻他的各方面资料，研究他独特的书画艺术，了解他的过往、经历与后来的发展成功。便渐渐地喜欢上了王憨山鲜明独特的书画艺术，达到痴迷！

近日著名画家贺安成老师从北京几次与我电话联系，探讨王憨山的书画艺术及背后的故事。他以自己亲身经历的过往，与王憨山相处的故事为素材写出洋洋洒洒的《田园宰相王憨山》一文，向世人披露了乡居画家王憨山从出山、得道、发展、成功一系列许多鲜为人知的故事，再现了一位画家身处现实社会，在书画江湖泅渡，老实厚道的秉性与狡诈虚假的世俗搏击的心境况味，读后令人击掌称快！警示社会，唤起共鸣。文章质朴，语言淡然，真实可信，传益深远，深以为然！

我以为文学艺术是中国传统文化的精髓，但无论文学、绘画、书法、音乐哪一门艺术其新颖独特，风格鲜明是独领风骚的标志，也是出奇制胜的砝码。王憨山为人为艺都是个性鲜明、风貌独特，辨识度很高的。

这正是他可贵的地方与不凡之处。王憨山身高马大、憨厚淳朴、木讷寡言、特立独行。他耿直率真脾气大，与舅舅林凡同在湖南 21 兵团时办展览为一小块插图的颜色与领导悖逆而一怒冲冠，愤懑走人，直使他的老战友曾景初（著名版画家）、张彦青（山东艺术学院教授）、张友明（著名雕塑家）、张钦若（著名油画家）、韩笑（著名诗人）等都为之叹息，进而使这位潘天寿的高才生走上一条迥别于他人的成长之路。他为人直率也表现在对艺术的自信。他虽然经常对人家说自己"耍的是小把戏"（农家田园景物鸡、鸭、山雀、鱼、虫等），但后来成名后有些名家指出他画作中技法上的一些瑕疵要他向某某学习借鉴时，他总是"嘿嘿"憨憨地笑道：我认为还是这样画好些。他总是坚持自己的见解，显示出他做人做学问充分的自信与固执。他从部队复员后从事过多种职业，历经磨难，倍尝甘苦，勤奋自励，晚年天成。

二是他画风拙朴大气。这样的风格形成也是他的气质学养使然。王憨山传统文化底蕴深厚，文人气质盎然，他早年就读于南京美专，师从高希舜、潘天寿、傅抱石诸大家，打下了扎实的中国画传统底蕴。短暂的正规院校学习，大师们耳提面命的教诲使他对中国画领悟独到。王憨山曾在《不辞日暮重抖擞》一文中写道："中国画融诗、书、画、印为一体，非文人不能及。文人画不工于形，而重于神，故以写意为主，动于情趣，发乎意旨，达于神韵。这情、意、达的发挥，又是由其人全部修养所决定的。故学画必先读书，还得真正读进去。"他的一枚闲章"二分写字，二分画画，六分读书"，就是源于这种认识。这阐述了他对中国传统文化艺术独到的认识。王憨山的画外功夫是诗学。著名画家林凡说：我和王憨山本色都是诗人，我追求奇诡凄美的诗境，他崇尚深远、质朴的诗风，王憨山这种深远质朴尤为难得，在中国艺术界做加法容易做减法难，简洁、质朴、深远代表一种大彻大悟的美学追求。他那些题画款的诗句充满哲理、俚趣、质朴的情愫。王憨山绘画构图简洁，喜欢大面积留白，留给观者大量的思索空间和无穷的想象余地。这种高超的计白当黑是学问是修养，不是他人随便可为的。他作画奋笔直书、痛快淋漓，深得书画艺术的胆魄与魂灵，遂使画面的大气象、大格局潜生滋长，蔚然大观。王憨山的这种狂拙奔放又谨慎地克服了荒率粗疏，内敛蕴藉，与众不同，一般的画家无此风神！

三是他喜爱敬重金农，以"漆书"行世，大气磅礴，辨识度极高。他画面的题款题诗浓墨重笔，横画竖扫，习惯题写在整个画幅的左边，特立独行，风神高迈！王憨山这种笔重墨浓的书法完全不追求用笔提按使转、牵丝映带，只追求厚重大气的艺术效果，他的书法与他的重、拙、大的大写意花鸟画异曲同工、相得益彰，共同营造独特的艺术氛围，这就是王憨山艺术。我几次参加拍卖会观赏品鉴王憨山的画作，都从他的书法题款诗入手辨别真假，屡试不爽，每每去伪存真！

王憨山以自己特立独行、风神高迈的大写意花鸟画奠定了他在中国美术界的影响与地位，也终究会在中国美术史上留下浓墨重彩的一笔。但是当下评论界是"南王北崔（南方王憨山、北方崔子范）"也好，还是有人把王憨山与四川大器晚成的陈子庄（陈子庄二十世纪八十年代末期在北京举办画展轰动一时，王憨山在九十年代在北京举办画展乱起"好大一股风"）做比较也罢，谈论他们敦重敦轻，但都是肯定他们在美术史的地位的争论。更有甚者说王憨山是大师门前止住了脚步的人，无论评者立意何处，都可以说明王憨山现象在社会层面和学术理论界是值得研究探讨的重大课题。一个身居乡野、备受磨难的普通画家，凭着自己的聪颖好学、刻苦努力能吸引整个社会、历史发展的眼球，应该说是莫大的成功！

王憨山是幸运的也是无奈的，王憨山享有无上的辉煌，也承受寂寥消殒，这就是人生这就是命运。我们有无数的假设，但假设终究是假设。但是可以借鉴的是在王憨山茁壮成长的过程中，如果多给他些许关怀爱抚的鲜花，这棵大树可以参天蔽日，王憨山得道出山后，如果能清醒地认识到，书画是一种文化、一种艺术，它有价值，但不仅仅是简单的谋生手段，这一点我们的社会和画家本人都要有清楚正确的定位。画家在成长发展过程中不能让艺术家背负太多的重荷，养家，置业等，更应该是淡泊读书、修身养性，丰富自己的文化修养，为创造更多的精神文明作品集储能量。王憨山留给我们，留给社会，留给未来的思索很多很多！社会各界都应该从王憨山现象中去吸取能量。

后记

从小，我就信奉著名作家丁玲的"一本书主义"，一直怀揣着文学梦想。可人的一生有许多无奈，很多事情不是由自己选择的。我干了一辈子国企的管理工作，尽管有许多的不情愿和遗憾，但只能勤勉地尽力去做。白驹过隙，一晃四十多年过去，我已退休了，然而，心中的梦想却仍然在岁月深处呼唤我，让我无法释怀。

过去的几十年里，由于痴迷与爱好，工作之余从来没有放下阅读与写作，创作了一些诗歌、散文。就职的铁路企业特别重视宣传工作，自己也因此有了舞文弄墨的一方舞台，并得到组织的器重、提拔。无论干哪一行，在哪一处就职，对文学的爱好一直伴随着我，陆续发表了一些文学作品。那时，单位企业文化建设搞得如火如荼，有些文学发烧友也鼓捣着出书，出了书便拿到属下的单位去推销营利。但我不赞同这种做法，总觉得不能亵渎了心中的神圣。

其实，喜欢一件事并为此付诸行动，倾心尽力做之完全是个人行为，但我以为，文学创作不同，它有受众的阅读欣赏，哪怕只是少数人的欣赏阅读，都可以产生心灵的触动。所以，认认真真写作，认认真真出书，付出自己的真诚，实则关乎一个人对理想、道德的坚守。我的这些文字实属浅层次写作，但我付出了真情，呈现的是我灵魂深处的东西。

退休后，偶然与著名画家未君谈及此事，未君称赞我的散文风格鲜明，有灵气，建议我结集出版。他的提议，拨动了我心里的那根弦。他还说，既然出书，就得有较高质量，千万不能混同于社会上那些贱印的文字垃圾。他的想法正合我意。结集出一本书，严肃认真地出一本书，去回应心中的梦想，践行对"一本书主义"的信奉，是我出书的动机。

在筹备出书的过程中，因遇到一些未曾预料的问题，我有过放弃的想法，但最终还是下定了决心。在集子出版在即之际，我要真诚地感谢未君先生的肯定、指导；感谢湖南省散文学会袁姣素老师、申瑞瑾老师的支持、帮助；感谢兄长崔和平的鼎力相助；感谢邱勋、孙宝柱两位同事的协力配合；感谢作家张吉安先生所做的大量编辑工作！

在此，还要特别感谢我的爱人黄伟女士的理解和支持！